側耳

有诗

II

冬天的树和春天的树

王幸　主编

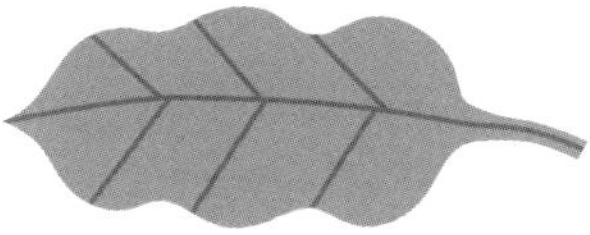

Trees in Winter and Trees in Spring

侧耳有诗 II

上海人民出版社

00:00:01
◀◀ ▶ ▶▶

序：诗的声音

张新颖

二〇一八年十二月三十日晚间，坐出租车回家的路上，我一直在想刚刚经历的两个小时。发生了什么事吗？没有，我只是听了一场读诗会。没有必要夸大这样的事，是吧？

可是那些情境，那些声音，固执地重现。上海作协大厅，侧耳团队，新年诗会："夜的酒杯和花束"。我带着一身疲惫进来坐下，散场的时候，忽然觉得轻松和活跃；走在阴郁湿冷的街道上，发现难耐的空气中也有明亮和温暖，有那么一刻，生出久违的亲切感。

这种发生在个人身上的微妙变化，是诗带来的——更确切地说，是读诗的声音带来的。事实上，侧耳精挑细选的作品，大部分我之前读过，有些可以说非常熟悉，没有预料到的是，当这些诗篇被他们读出来的时候，激发了以前未曾产生的一些感受。就是说，直接促生这些感受的，是声音。

就好像是，以前我读诗，像看乐谱，现在，他们把无声的乐谱演奏出来了。

这个未必恰切的比喻引向现代诗的音乐性问题。在中国新诗的历史上，音乐性问题是一个长期的困扰，几代人曾经做出过艰难的探索和实验，却并没有取得多少共识。时至今日，在普通读者那里，甚至在一些诗作者那里，这个问题被取消了：现代汉语诗与音乐性无关。这个普遍的印象和意识进一步导致了对诗的声音的漠视，我们常听见有人说，现代汉语诗不适合读。今天我们说“读”诗，多数时候是“看”诗，不经过读的身体动作发出声音，当然也就没有了经由听觉而产生的身体反应。

诗的物质材料是语言，声音是语言的一种属性，所以也一定是诗的一种属性，而且与意义密不可分。我们平常说话，即使在大多不自觉的状态下，也有语调、节奏，甚至韵律；我们唱歌，是语言和乐曲的融合。诗的声音，应该在这二者之间。也就是说，它不能依赖语言之外的乐曲，而是从语言自身产生出音乐性，这需要自觉的意识和探求，而不同于日常说话的情形。

现代汉语诗没有形成固定的声音形式，却不意味着放弃声音的追求，相反，倒是为这种追求增加了难度，也敞开了实践的空间。发掘和创造现代汉语的声音表达，把音乐性变得丰富和复杂，而不是指向一种或几种声音的模式，音乐性的套路，是值得诗的作者、读者和听众去不断尝试的事。

当我们说现代汉语诗不适合读出来的时候，一方面固然是因为有很多诗确实昧于声音上的表达，另一方面，也有可能是因为我们听觉的狭隘和迟钝，对声音和音乐性的感受与理解因固守成见而懒惰。没有一成不变的、预先存在那里的音乐性，有的是这首诗不断生成的、符合期待 / 偏离期待 / 有意对抗期待的声音和音乐性。这个，反倒是现代诗的声音魅力所在。

由此而言，我们还需要练习我们的耳朵，让它变得开放、敏锐、积极，能够感受现代汉语诗复杂、变化、丰富的声音形式。而诗本身，也需要接受声音的检验。

在这个意义上，侧耳的诗选，不同于大多数诗选的特性，就清晰地显示出来。作品本身的选择不必多说，除了通常的选好诗的标准之外，他们还自然地加上了一般诗选忽略的一条：声音的检验。如果你是这本诗选的读者，除了习惯的“看”诗之外，也请听听他们读诗，听听这些声音的诠释；你也不妨自己读，读出声音来，听听自己的声音诠释。让身体的反应，加入对诗的感受和理解中来。

由电视新闻主播组成的这个团队，读诗已经三年了，他们的公众号“侧耳 SH”不热闹，也不孤独。我时常听他们的声音，有时会想，他们为什么要做这个事啊？我知道他们挑选作品要反反复复斟酌商量，录制过程近乎严苛，有时一首短短的诗要录好几遍。为什么读诗？当然可以列出一些理由，不过最深切的感受在读诗人自己那里；这本诗选的读者听过他们的声音，如果自己也成为读诗的人，就不需要别人来回答了。

二〇一九年六月五日

目 录

00:00:01
序：诗的声音　张新颖

遇　　见

00:00:03
一朵小花　〔俄〕普希金
▶ 中俄文诵读　邢航　杨超

00:00:07
平静（悼念集·11）　〔英〕丁尼生
▶ 诵读　陶淳

00:00:13
橡树　〔英〕丁尼生
▶ 诵读　印海蓉

00:00:19
我好似一朵孤独的流云　〔英〕华兹华斯
▶ 中英文诵读　邢航　袁鸣

00:00:25
意大利的一个灿烂的黄昏　〔英〕拜伦
▶ 诵读　徐惟杰

00:00:29

秋颂　〔英〕济慈

▶ 诵读　李菡　王幸　印海蓉

00:00:35

茵纳斯弗利岛　〔爱尔兰〕叶芝

▶ 诵读　李菡

00:00:39

小吉丁（节选）　〔英〕艾略特

▶ 诵读　陶淳　邢航　徐惟杰

十 三 种 看 乌 鸫 的 方 式

00:00:49

尤利西斯（节选）　〔英〕丁尼生

▶ 诵读　刘砚　徐惟杰

00:00:53

每当我害怕　〔英〕济慈

▶ 诵读　王兆阳

00:00:57

柯尔庄园的野天鹅 〔爱尔兰〕叶芝

▶ 中英文诵读 臧熹 陈璇

00:00:65

秋日 〔奥地利〕里尔克

▶ 诵读 徐惟杰

00:00:69

我想和你一起生活 〔俄〕茨维塔耶娃

▶ 诵读 邢航 周瑜

00:00:75

雪夜林边停歇 〔美〕弗罗斯特

▶ 中英文诵读 叶子龙 陈璇

00:00:81

拒绝哀悼死于伦敦大火中的孩子 〔英〕狄兰·托马斯

▶ 诵读 刘砚

00:00:85

十三种看乌鸫的方式 〔美〕史蒂文斯

▶ 诵读 徐惟杰

00:00:93

如果你能在秋季来到 〔美〕狄金森

▶ 诵读 毛艳

00:00:97

我是秋天最后的花朵　〔芬兰〕索德格朗

▶ 诵读　雷小雪

00:01:01

明天到来的是什么　〔芬兰〕索德格朗

▶ 诵读　何婕

00:01:05

一曲抒情诗　〔英〕艾略特

▶ 诵读　施琰

从 一 片 泛 滥 无 形 的 水 里

00:01:11

莲灯　林徽因

▶ 诵读　张定浩

00:01:17

烦忧　戴望舒

▶ 诵读　李菡

00:01:21

秋天　何其芳

▶ 诵读　印海蓉

00:01:25

预言　何其芳

▶ 诵读　舒怡

00:01:31

春　穆旦

▶ 诵读　叶子龙

00:01:35

我们准备着　冯至

▶ 诵读　张译心

00:01:39

从一片泛滥无形的水里　冯至

▶ 诵读　陈璇

00:01:43

海子小夜曲　海子

▶ 诵读　张译心

00:01:49

日记　海子

▶ 诵读　朱亚南

00:01:55
天鹅　张枣
▶ 诵读　雷小雪

00:01:61
深秋的故事　张枣
▶ 诵读　叶子龙

00:01:67
唯有旧日子带给我们幸福　柏桦
▶ 诵读　陶淳　施琰

00:01:73
点灯　陈东东
▶ 诵读　林牧茵

00:01:77
南方之夜（节选）　孙甘露
▶ 诵读　徐惟杰

00:01:81
出租汽车总在绝望时开来　王小龙
▶ 诵读　李吟涛

00:01:87
一走路，我就觉得我还算伟大　王小妮
▶ 诵读　李吟涛

00:01:93

戈壁夜歌　蓝蓝

▶ 诵读　雷小雪

00:01:97

奥义书　倪湛舸

▶ 诵读　刘江贤

00:02:01

蝴蝶的疲倦　陈先发

▶ 诵读　邢航

00:02:05

中年　张新颖

▶ 诵读　印海蓉

00:02:09

新年祝福　张新颖

▶ 诵读　王幸

00:02:15

此刻无须知晓生死　王寅

▶ 诵读　毛艳

00:02:19

北茶园　胡桑

▶ 诵读　王幸

00:02:23

礼物　陶立夏

▶ 诵读　舒怡

00:02:29

如果你试图爱上一个人　李元胜

▶ 诵读　王兆阳

00:02:33

但丁在地狱的门前　张定浩

▶ 诵读　刘砚

00:02:37

巨大的月亮　张定浩

▶ 诵读　林牧茵

00:02:43

他留下的东西不多　江汀

▶ 诵读　臧熹

00:02:45

悬崖　康苏埃拉

▶ 诵读　李吟涛

00:02:49

预感　周欣祺

▶ 诵读　邢航

00:02:53

想起我的恋人们　包慧怡

▶ 诵读　王幸

00:02:59

我们乘坐过山车飞向未来　马雁

▶ 诵读　周瑜

00:02:63

侧耳 主播们

遇见

00:00:03

◀◀ ▶ ▶▶

一朵小花

〔俄〕普希金

戈宝权 译

中俄文诵读　邢航　杨超

诗歌有声　扫码倾听

亚历山大·谢尔盖耶维奇·普希金（1799—1837），俄国诗人、小说家、剧作家，俄国现实主义文学的奠基人。著有长诗《青铜骑士》、诗体小说《叶甫盖尼·奥涅金》、中长篇小说《黑桃皇后》《上尉的女儿》等。

《林边的鲜花》 1892 年
伊万 · 伊万诺维奇 · 希施金（1832—1898）
布面油画
420 × 670 毫米

Flowers on the Forest Edge 1892
Ivan Ivanovich Shishkin (1832-1898)
Oil on canvas (sketch)
420×670 mm

风景画在俄罗斯“巡回展览画派”的作品中占有重要地位。希施金注重对景物的细致观察，笔下的风景平静而稳定。那些不起眼的白色小花在俄国被称为“眠草”。画家以精湛的技艺和生动流畅的笔法刻画出花形结构。此类花卉频繁地出现在希施金的众多作品之中。

00:00:05
◀◀ ▶ ▶▶

我看见一朵被遗忘在书本里的小花，
它早已干枯，失掉了芳香；
就在这时，我的心灵里
充满了一个奇怪的幻想：

它开在哪儿？什么时候？是哪一个春天？
它开得很久吗？是谁摘下来的，
是陌生的或者还是熟识的人的手？
为什么又会被放到这儿来？

是为了纪念温存的相会，
或者是为了命中注定的离别之情，
还是为了纪念孤独的漫步
在田野的僻静处，在森林之荫？

他是否还活着，她也还活着吗？
他们现在栖身的一角又在哪儿？
或者他们也都早已枯萎，
就正像这朵无人知的小花？

ЦВЕТОК

Цветок засохший, безуханный,
Забытый в книге вижу я;
И вот уже мечтою странной
Душа наполнилась моя:

Гдецвел? когда? какой весною?
И долго ль цвел? и сорван кем,
Чужой, знакомой ли рукою?
И положен сюда зачем?

На память нежного ль свиданья,
Или разлуки роковой,
Иль одинокого гулянья
В тиши полей, в тени лесной?

Ижив ли тот, и та жива ли?
И нынче где их уголок?
Или уже они увяли,
Как сей неведомый цветок?

00：00：07

平　静（悼念集·11）*

［英］丁尼生

张定浩　译

诵读　陶淳

诗歌有声　扫码倾听

阿尔弗雷德·丁尼生（1809—1892），英国维多利亚时代最受欢迎的诗人。1850 年，继华兹华斯之后，成为桂冠诗人。著有诗集《悼念集》《国王叙事诗》等。

* 这首诗是丁尼生《悼念集》中的第 11 首，原无诗名。“平静”系微信公众号“侧耳 SH”发布时所加标题。

《切尔西的白屋》 1800 年
托马斯 · 吉尔丁（1775—1802）
纸本水彩和石墨
298 × 514 毫米

The White House at Chelsea 1800
Thomas Girtin (1775-1802)
Watercolour and graphite on paper
298×514 mm

英国风景绘画的杰作之一。在艺术家创作这幅画时，切尔西还是伦敦西部泰晤士河北岸的一个小市镇。作品标题中的“白屋”实际上位于泰晤士河南岸的巴特西。画中的视角是从下游往上游的巴特西桥望去，日落黄昏时分的清澈宁静与白屋的闪亮耀眼形成对比，使这幅作品闻名于世。

00:00:09
◀◀ ▶ ▶▶

平静是清晨没有一丝声响，
　　平静得像要顺应更为平静的悲哀，
　　唯有那穿过颓败枝叶的
栗子，正啪嗒落在地上：

平静和深沉的安宁在这高地荒野，
　　在这些将金雀花浸透的露水之上，
　　在所有银白蛛丝之上
闪烁成青绿与金黄的明灭：

平静和寂寂的光在那边的旷原，
　　它拂过所有秋日林荫，
　　以及拥挤的庄园和渐渐疏落的教堂尖塔，
与奔腾的海洋融成一片：

平静和深沉的安宁在这长空下，
　　这些叶子染红随即坠落；
　　而在我的心里，就算是平静，

哪怕一丝，也是绝望的平静：

平静在那海上，在银色的长眠里，

　　波浪轻摇着波浪进入休憩，

　　在那宏伟的胸膛里有死一般的平静

它起伏，只随着深海在起伏。

00:00:11

◀◀ ▶ ▶▶

诵读者说

陶淳 《新闻报道》《庭审纪实》主持人

1833 年，诗人的挚友哈勒姆在旅行中突发脑溢血辞世，丁尼生痛撰哀思，一写就是十七年。1850 年，《悼念集》终于付梓。诗篇对今生的苦难发生疑问，对来世的生活充满憧憬，在字里行间把对亡友的情谊发展为对人类的热爱。当时的维多利亚女王觉得除了《圣经》之外，这部诗集最能使她获得慰藉。由此，丁尼生也继华兹华斯之后被封为桂冠诗人。这篇《平静》就是选自《悼念集》中的一个小段。

就像诗名一样，这首小诗很平静，读来肃穆、深情，对爱的理解感悟很深。爱不是愚懦的俘虏，不是肆虐的野兽，更不是自得的庆幸。有所“经历”才配称作“爱”。平静是爱，平静也是告别与离开，既然死亡是此生注定的“落空”，那么就请爱到生命尽头吧。

00:00:13
◀◀ ▶ ▶▶

橡　树

〔英〕丁尼生
飞白　译

诵读　印海蓉

诗歌有声　扫码倾听

《英国橡树》 1981 年
斯蒂芬 · 麦肯纳（1939—2017）
布面油画
2000 × 1500 毫米

An English Oak Tree 1981
Stephen McKenna (1939—2017)
Oil on canvas
2000×1500 mm

00：00：15
◀◀ ▶ ▶▶

这棵橡树是在伦敦南部的达利奇公园绘制的，但背景是虚构的。艺术家希望表现这棵树的纪念性，并暗示橡树作为英国“国树”在英国文化中享有的标志性地位。

年轻人和老人，
　你们的一生
要如那棵橡树：
春天，它金灿灿——
　一树活的黄金；

繁荣的夏季
　来了又复去；
秋天换装时
染一身肃穆——
　重新换上金衣。

满树的叶子
　终于落尽了，
看，他昂然屹立，
只剩树干树枝——
　赤裸裸的力。

00:00:17
◀◀ ▶ ▶▶

诵读者说

印海蓉 《新闻报道》主持人

丁尼生描写自然风光和景物的短篇诗歌真的非常精彩，且充满哲理，比如这首《橡树》。

全诗一共才三段，不到一百个字。寥寥几笔，描绘这个“森林之王”辗转四季，富于生机与力量的生命历程。

诗歌的意义在于赋予某些物体以生命，抑或使简单的事物折射出光辉。很显然，在这里，橡树的春华秋实被用来象征人的一生：年轻时青葱繁盛，中年时雍容大气，暮年时悲壮倔强。无论年轻年老，各自有各自的精彩，任时光流逝，只管定格生命，让她喷薄光芒。

从这点上说，这首诗不同于丁尼生许多阴郁风格的诗歌，还真的挺“正能量”的呢。

00:00:19

◀◀ ▶ ▶▶

我好似一朵孤独的流云

[英] 华兹华斯

顾子欣 译

中英文诵读 邢航 袁鸣

诗歌有声 扫码倾听

威廉·华兹华斯(1770—1850),英国浪漫主义作家、诗人。喜爱大自然,隐居在昆布兰湖区和格拉斯米尔湖区,被称为“湖畔诗人”。代表作品有《序曲》《远游》《丁登寺旁》等。

《沉思》 1864—1865 年
约翰 · 林内尔（1792—1882）
布面油画
718 × 997 毫米

Contemplation 1864-1865
John Linnell (1792-1882)
Oil on canvas
718×997 mm

这幅画的作者林内尔是一名虔诚的基督教徒。他的作品主题多与对精神现实的沉思冥想有关。作品《沉思》所描绘的，据说是伦敦南部萨里郡雷德希尔的一处风景，林内尔后半生就生活在那里。画家通过他的作品表达了当时非常理想化的一种生活状态。

00 : 00 : 21

◀◀ ▶ ▶▶

我好似一朵孤独的流云，
高高地飘游在山谷之上，
突然我看见一大片鲜花，
是金色的水仙遍地开放，
它们开在湖畔，开在树下，
它们随风嬉舞，随风波荡。

它们密集如银河的星星，
像群星在闪烁一片晶莹；
它们沿着海湾向前伸展，
通往远方仿佛无穷无尽；
一眼看去就有千朵万朵，
万花摇首舞得多么高兴。

粼粼湖波也在近旁欢跳，
却不如这水仙舞得轻俏；
诗人遇见这快乐的旅伴，
又怎能不感到欣喜雀跃；

我久久凝视——却未领悟
这景象所给我的精神至宝。

后来我多少次郁郁独卧，
感到百无聊赖心灵空漠；
这景象便在脑海中闪现，
多少次安慰过我的寂寞；
我的心又随水仙跳起舞来，
我的心又重新充满了欢乐。

00 : 00 : 23

◀◀ ▶ ▶▶

I wandered lonely as a cloud
That floats on high o'er vales and hills,
When all at once I saw a crowd,
A host of golden daffodils;
Beside the lake, beneath the trees,
Fluttering and dancing in the breeze.

Continuous as the stars that shine
And twinkle on the milky way,
They stretched in never ending line
Along the margin of a bay:
Ten thousand saw I at a glance,
Tossing their heads in sprightly dance.

The waves beside them danced; but they
Out did the sparkling waves in glee:
A poet could not but be gay,
In such a jocund company:

I gazed—and gazed—but little thought
What wealth the show to me had brought:
For oft when on my couch I lie
In vacant or in pensive mood,
They flash upon that inward eye
Which is the bliss of solitude;
And then my heart with pleasure fills,
And dances with the daffodils.

00:00:25

◀◀ ▶ ▶▶

意大利的一个灿烂的黄昏

〔英〕拜伦

查良铮　译

诵读　徐惟杰

诗歌有声　扫码倾听

乔治·戈登·拜伦（1788—1824），英国浪漫主义诗人。著有长篇叙事诗《唐璜》《恰尔德·哈洛尔德游记》等。

《月亮已经升起，但夜晚尚未降临》 1890 年
约翰 · 埃弗里特 · 米莱斯（1829—1896）
布面油画
1041 × 1689 毫米

The Moon is Up and Yet it is not Night 1890
John Everett Millais (1829-1896)
Oil on canvas
1041×1689 mm

19 世纪早期英国风景绘画大师们对法国艺术家的巨大影响，最终催生了大名鼎鼎的法国印象派绘画。这幅作品的标题取自拜伦的诗歌《恰尔德 · 哈洛尔德游记》中的一句，指一天中难以描绘、神秘莫测的时间。画中地点被认为是画家米莱斯租来打猎和钓鱼的园地中一处名叫“凯恩利斯”的小沼泽。

00:00:27
◀◀ ▶ ▶▶

月亮升起来了，但还不是夜晚，
落日和月亮平分天空，霞光之海
沿着蓝色的弗留利群峰的高巅
往四下迸流，天空没一片云彩，
但好像交织着各种不同的色调，
融为西方的一条巨大的彩虹——
西下的白天就在那里接连了
逝去的亘古；而对面，月中的山峰
浮游于蔚蓝的太空——神仙的海岛！

只有一颗孤星伴着狄安娜，统治了
这半壁恬静的天空，但在那边
日光之海仍旧灿烂，它的波涛
仍旧在遥远的瑞申山顶上滚转：
日和夜在互相争夺，直到大自然
恢复应有的秩序；加暗的布伦泰河
轻柔地流着，日和夜已给它深染
初开放的玫瑰花的芬芳的紫色，

这色彩顺水而流，就像在镜面上闪烁。

河面上充满了从迢遥的天庭
降临的容光；水波上的各种色泽
从斑斓的落日以至上升的明星
都将它们奇幻的异彩散发、融合：
呵，现在变色了；冉冉的阴影飘过，
把它的帷幕挂上山峦；临别的白天
仿佛是垂死的、不断喘息的海豚，
每一阵剧痛都使它的颜色改变，
最后却最美；终于——完了，　切没入灰色。

00:00:29

秋 颂

［英］济慈
黄福海　译

诵读　李菡　王幸　印海蓉

诗歌有声　扫码倾听

约翰·济慈（1795—1821），英国浪漫主义诗人。代表作品有《夜莺颂》《希腊古瓮颂》《秋颂》《伊莎贝拉》等。

《日落收割归来》 1853 年
约翰 · 林内尔（1792—1882）
布面油画
883 × 1473 毫米

Harvest Home, Sunset: The Last Load 1853
John Linnell (1792-1882)
Oil on canvas
883×1473 mm

“收割之家”（意为将最后一批作物收割进仓）是人们感恩从土地上收获果实的一种古老庆祝方式，往往在秋分时举行。林内尔以自己所生活的萨里郡附近的风景为基础，充分发挥想象力，再现乡村美好往事。

00:00:31
◀◀ ▶ ▶▶

这雾气迷蒙、果实丰硕的季节，
　和催熟五谷的太阳堪称密友，
他与之串通，想让绵绵的瓜瓞
　缀满在青藤缠绕的茅屋檐头；
让苹果压弯长满苔藓的村树，
　使所有瓜果都熟透，直到核心；
　　让葫芦膨胀，榛子也鼓起外壳，
　裹着甜仁；让迟暮的花朵一阵
又一阵含苞绽放，使蜜蜂留步，
以致相信，和煦的阳春会长驻，
　　因夏季早已溢满黏稠的蜂窝。

谁不曾在你库藏中频频见你？
　谁要是骋目远眺，会时常看到
你无忧无虑，坐在谷场的空地，
　你的秀发在簸谷的风中轻飘；
或在收割一半的田垄上酣睡，
　被罂粟的花香熏醉，抛下镰钩，

懒得再管麦畦和盘结的野花；
有时，你像拾穗的农民，颤巍巍
头顶着沉重的谷袋，蹚过溪流；
或在榨果机的近旁，耐心守候，
数小时观察最后的果汁滴下。

春的歌声在何处？是呀，在何处？
不要想那些，你自有你的音乐——
当层层云朵映红垂死的薄暮，
彩霞晕染了遍地新茬的平野：
这时，河岸的柳树间，小小蚊蚋
在悲歌齐唱中哀悼，忽而高翾，
忽而低落，随微风的生起、死寂；
山涧中，丰满的羔羊叫声清脆；
篱边，有蛩声低唱；而林地花园，
知更鸟尖厉的呼唤，悠扬宛转；
燕子啾啾地鸣叫，在空中翔集。

00:00:33
◀◀ ▶ ▶▶

诵读者说

李菡 《东方新闻》主持人

“迟暮的花朵”催眠了博物馆的大厅和二层楼梯，风、光线和音乐填满了初夏夜，连我的一丝心碎都挤不进。济慈也曾经困在这样的夜里吧，世界的另一半将在第二天早上醒来。

王幸 《新闻坊》《媒体大搜索》主持人

甜蜜且哀伤，如同诗人的爱情与疾病。所有的美好都在自然图景、纷繁琐事间不经意地呈现。

而在赞美短寿的柴德顿时，仿佛每一句又都不经意地预示诗人自己的命运，令人唏嘘：

> 你的双眼过早地蒙上死亡的阴霾，
>
> 而不久前，这双眼睛才刚刚闪耀天才与崇高的光芒！

济慈的“不经意”源自对内心的忠实，热烈的爱、病痛的折磨、生命边际的绝望，说自己的，或只说给自己听。

有些诗人的光芒，不全是来自他的作品，也因为他的类型。

印海蓉 《新闻报道》主持人

如果说峻青的《秋色赋》是一幅水墨重彩的话，那济慈这首诗更像笔触丰富细腻的油画。晨昏秋色中平铺开田野、小溪、麦场……万物生长，人景合一。细处，堆叠起芬芳的花朵、累累果实和各种自然生灵。描写色彩的具象字词已是累赘，映入眼帘的分明是光影斑驳、色彩交织的景象，心底无比温暖与感动。秋天是热烈的。

这还不够。秋天不仅在眼中，更能被听觉捕捉到。山野间羊叫、园子里蟋蟀鸣唱、天空中飞鸟呢喃，甚至溪边秋虫的窸窣都一股脑儿钻进耳朵。想象站在宁静的秋色里听着自然交响，哪里会有欧阳修笔下《秋声赋》中那般凋敝肃杀，甚至连新鲜但转瞬即逝的春天都可以暂时忽略。只管享受那一刻的欢愉就是了。

00:00:35

◀◀ ▶ ▶▶

茵纳斯弗利岛

〔爱尔兰〕叶芝

袁可嘉　译

诵读　李菡

诗歌有声　扫码倾听

威廉·巴特勒·叶芝（1865—1939），爱尔兰诗人、剧作家、散文家。1923 年获诺贝尔文学奖。代表作品有《当你老了》《柯尔庄园的野天鹅》《驶向拜占庭》等。

《格朗维尔》 1827—1828 年
约瑟夫 · 马洛德 · 威廉 · 透纳（1775—1851）
纸本水彩
190 × 273 毫米

Granville 1827-1828
Joseph Mallord William Turner (1775-1851)
Watercolour on paper
190×273 mm

透纳是英国风景艺术非常重要的代表人物之一，绘画成就丰硕。这幅作品描绘的是著名的圣米歇尔岛。画家注重整体光感，让作品更为精美。画中透出的抽象品质，在今天看来也非常现代。值得一提的是，透纳在展出作品时，往往配上自己创作的诗歌，为作品的意象增添更为深层与悲观的含义。

00 : 00 : 37

◀◀ ▶ ▶▶

我就要动身走了，去茵纳斯弗利岛，
搭起一个小屋子，筑起泥巴房；
支起九行芸豆架，一排蜜蜂巢，
独个儿住着，荫阴下听蜂群歌唱。

我就会得到安宁，它徐徐下降，
从朝雾落到蟋蟀歌唱的地方；
午夜是一片闪亮，正午是一片紫光，
傍晚到处飞舞着红雀的翅膀。

我就要动身走了，因为我听到
那水声日日夜夜轻拍着湖滨；
不管我站在车行道或灰暗的人行道，
都在我心灵的深处听见这声音。

00:00:39

◀◀ ▶ ▶▶

小吉丁（节选）

〔英〕艾略特

汤永宽 译

诵读 陶淳 邢航 徐惟杰

诗歌有声 扫码倾听

托马斯·斯特恩斯·艾略特（1888—1965），英国现代派诗人、文艺评论家。1948年获诺贝尔文学奖。著有长诗《荒原》《四个四重奏》、诗集《J. 阿尔弗瑞德·普鲁弗洛克的情歌》等。

《锡顿德勒沃尔城堡》 1941 年
约翰 · 皮波（1903—1992）
布面油画
711×883 毫米

Seaton Delaval 1941
John Piper (1903-1992)
Oil on canvas mounted on wood
711×883 mm

坐落于英格兰东北部的锡顿德勒沃尔城堡，建于 1718 年至 1729 年间，1821 年被大火摧毁。皮波作为一名官方战地艺术家，曾被要求以绘画和摄影的形式，记录处在战争威胁下的许多英国古老建筑。在斑驳的背景中，皮波绘制了一个带有戏剧色彩的宏伟的贵族之家，如同一幕戏剧布景。

00:00:41
◀◀ ▶ ▶▶

我们叫作开始的往往就是结束
而宣告结束也就是着手开始。
终点是我们出发的地方。每个短语
和每个句子只要安排妥帖(每个词都各得其所,
从它所处的位置支持其他的词,
文字既不羞怯也不炫耀,
新与旧之间的一种轻松的交流,
普通的文字确切而不鄙俗,
规范的文字准确而不迂腐,
融洽无间地在一起舞蹈)
那么每个短语每个句子都是一个结束和一个开始,
每首诗都是一篇墓志铭。而任何一个行动
都是走向断头台,走向烈火,落入大海
或走向一块你无法辨认的石碑的一步:
而这就是我们出发的地方,
我们与濒临死亡的人们偕亡:
瞧,他们离去了,我们与他们同行。
我们与死者同生:

瞧，他们回来了，携我们与他们俱来。
玫瑰飘香和紫杉扶疏的时令
经历的时间一样短长。一个没有历史的民族
不能从时间得到拯救，因为历史
是无始无终的瞬间的一种模式，
所以，当一个冬天的下午
天色渐渐暗淡的时候，在一座僻静的教堂里
历史就是现在和英格兰。

由于这种爱和召唤声的吸引
我们将不停止探索
而我们一切探索的终点
将是到达我们出发的地方
并且是生平第一遭知道这地方。
当时间的终极犹待我们去发现的时候
穿过那未认识的，忆起的大门
就是过去曾经是我们的起点；
在最漫长的大河的源头

00:00:43
◀◀ ▶ ▶▶

有深藏的瀑布的飞湍声
在苹果林中有孩子们的欢笑声，
这些你都不知道，因为你
并没有去寻找
而只是听到，隐约听到，
在大海两次潮汐之间的寂静里。
倏忽易逝的现在，这里，现在，永远——
一种极其简单的状态
（要求付出的代价却不比任何东西少）
而一切终将安然无恙，
时间万物也终将安然无恙
当火舌最后交织成牢固的火焰
烈火与玫瑰化为一体的时候。

诵读者说

陶淳 《新闻报道》《庭审纪实》主持人

时间与永恒、生与死……这些人生的终极思考，在诗人的眼中却是，“开始就是结束”，“死亡就是生命开始”，而主宰这些永恒的其实就是爱……

邢航 《上海早晨》《媒体大搜索》主持人

在南美的热带雨林中，有 个名叫迪萨那的部落，部落中的人们认为世界是个恒定的能量体，它在万物中流动。因此，一个生命的诞生就招致了另一个生命的终结，同样，每一个死亡也带来了另一个生命。世界的能量就这样保持着平衡。时间、生命、历史都在轮回里，保持着平衡。因此，人的每一个行动都是走向断头台，走向墓碑。而每一步，我都希望走得真切，珍惜亲近我的人们。

早年阅读《相约星期二》，是我第一次直面“死亡”话题。书中的莫里教授让我看到了对生死的坦荡，更打动我的是这位忍受着疾病痛苦的老人对他人的真诚和热情。与人交流时，他不会焦虑下一场约会，不会为一些琐事分神，他亲近交流，尊重此时此刻，尊重人。我从他身上看到了生活的意义：奔忙、恐惧使人暴躁、空虚，而宽容和真诚使人平静和快乐。他说：“爱是永存的感情，即使你离开了人世，你也活在人们的心里。”即使死神即将降临，他也平静，无所畏惧。

这个世界有时温柔，有时冷酷；有时正经，有时荒唐；有时平静，有时喧闹。宽恕吧，接纳吧，因为世界的能量守恒，丑与美同在，善与恶共存。“由于爱和召唤声的吸引，我们将不停止探索”，因为爱和仁慈，让我们常驻光明之中。世界仍然需要宽容的宣言，爱的美赞。即使与死亡并肩前行，我们依然保有坦荡的灵魂。

徐惟杰 《新闻报道》主持人

这是一首伟大的作品。一个刚离口的字就即刻让人怀疑永远不知道读得对不对。后来还是诗人艾略特的一句话宽慰了我，他在《东科克尔村》里把写诗比为“与词语和意义的难以忍受的扭斗”，原来如此拧巴着恰恰是对的。

十三种看乌鸫的方式

00:00:49
◀◀ ▶ ▶▶

尤利西斯（节选）

［英］丁尼生
飞白　译

诵读　刘砚　徐惟杰

诗歌有声　扫码倾听

我不能停歇我的跋涉；我决心
饮尽生命之杯。我一生都在
体验巨大的痛苦、巨大的欢乐，
有时与爱我的伙伴一起，有时却
独自一个；不论在岸上或海上，
当带来雨季的毕宿星团催动
激流滚滚，扬起灰暗的海波。
我已经变成这样一个名字，
由于我如饥似渴地漂泊不止，
我已见识了许多民族的城
及其风气、习俗、枢密院、政府，
而我在他们之中最负盛名；
在遥远而多风的特洛亚战场，
我曾陶醉于与敌手作战的欢欣。
我自己是我全部经历的一部分；
而全部经验，也只是一座拱门，
尚未游历的世界在门外闪光，
而随着我一步一步的前进，

它的边界也不断向后退让。
最单调最沉闷的是停留，是终止，
是蒙尘生锈而不在使用中发亮！
……
长昼将尽，月亮缓缓攀登，
大海用无数音响在周围呻唤。
来呀，朋友们，探寻更新的世界
现在尚不是为时过晚。开船吧！
坐成排，划破这喧哗的海浪，
我决心驶向太阳沉没的彼方，
超越西方星斗的浴场，至死
方止。也许深渊会把我们吞噬，
也许我们将到达琼岛乐土，
与老朋友阿喀琉斯会晤。
尽管已达到的多，未知的也多啊；
虽然我们的力量已不如当初，
已远非昔日移天动地的雄姿，
但我们仍是我们，英雄的心

尽管被时间消磨，被命运削弱，

我们的意志坚强如故，坚持着

奋斗、探索、寻求，而不屈服。

00:00:53
◀◀ ▶ ▶▶

每当我害怕

〔英〕济慈
查良铮　译

诵读　王兆阳

诗歌有声　扫码倾听

每当我害怕，生命也许等不及
　　我的笔搜集完我蓬勃的思潮，
等不及高高一堆书，在文字里，
　　像丰富的谷仓，把熟谷子收好；
每当我在繁星的夜幕上看见
　　传奇故事的巨大的云雾征象，
而且想，我或许活不到那一天，
　　以偶然的神笔描出它的幻象；
每当我感觉，呵，瞬息的美人！
　　我也许永远不会再看到你，
不会再陶醉于无忧的爱情
　　和它的魅力！——于是，在这广大的
世界的岸沿，我独自站定、沉思，
直到爱情、声名都没入虚无里。

00：00：55

◀◀ ▶ ▶▶

诵读者说

王兆阳 《新闻夜线》《媒体大搜索》主持人

恐惧是什么？那是内心深处最真实的一种情感，它无法掩饰，它无法消弭。因为这种内心深处的畏惧，所以我们有了担心，有了恐惧，有了害怕。因为我们在意，所以我们永远无法摆脱这样一种情感。

那么你呢？你会因何害怕？因何恐惧？面对恐惧，你又会有怎样的联想与想象？

一首经典的十四行诗，每个人都会有自己的感悟。

其实，当我读到最后，心里有了这样一句话，分享给大家：如果要战胜恐惧，就请化身为恐惧。

00:00:57

柯尔庄园的野天鹅

〔爱尔兰〕叶芝

袁可嘉　译

中英文诵读　臧熹　陈璇

诗歌有声　扫码倾听

树林里一片秋天的美景，
林中的小径很干燥，
十月的黄昏笼罩的流水
把寂静的天空映照；
盈盈的流水间隔着石头，
五十九只天鹅浮游。

自从我最初为它们计数，
这是第十九个秋天，
我发现，计数还不曾结束，
猛一下飞上了天边，
大声地拍打着翅膀盘旋，
勾画出大而碎的圆圈。

我见过这群光辉的天鹅，
如今却叫我真疼心，
全变了，自从第一次在池边
也是个黄昏的时分，

00:00:59
◀◀ ▶ ▶▶

我听见头上翅膀拍打声，
我那时脚步还轻盈。

还没有厌倦，一对对情侣，
友好地在冷水中行进，
或者向天空奋力地飞升，
它们的心灵还年轻，
也不管它们上哪儿浮行，
总有着激情和雄心。

它们在静寂的水上浮游，
何等的神秘和美丽！
有一天醒来，它们已飞去，
在哪个芦苇丛筑居？
哪一个池边，哪一个湖滨，
取悦于人们的眼睛？

The trees are in their autumn beauty,
The woodland paths are dry,
Under the October twilight the water
Mirrors a still sky;
Upon the brimming water among the stones
Are nine-and-fifty swans.

The nineteenth autumn has come upon me
Since I first made my count;
I saw, before I had well finished,
All suddenly mount
And scatter wheeling in great broken rings
Upon their clamorous wings.

I have looked upon those brilliant creatures,
And now my heart is sore.
All's changed since I, hearing at twilight,
The first time on this shore,

00 : 00 : 61

◀◀ ▶ ▶▶

The bell-beat of their wings above my head,
Trod with a lighter tread.

Unwearied still, lover by lover,
They paddle in the cold
Companionable streams or climb the air;
Their hearts have not grown old;
Passion or conquest, wander where they will,
Attend upon them still.

But now they drift on the still water,
Mysterious, beautiful;
Among what rushes will they build,
By what lake's edge or pool
Delight men's eyes when I awake some day
To find they have flown away?

诵读者说

臧熹 《新闻夜线》《媒体大搜索》主持人

余光中曾说："要了解叶芝的深厚和伟大，我们必须把握他诗中所呈现的对比性，这种对比在现实世界中充满矛盾，但是在艺术的世界里，却可以得到调和和统一。"在《柯尔庄园的野天鹅》中，充满了矛盾和张力。

秋天的美好景色，却是黄昏时分。此诗已是作者晚年作品，其中更多是人生的暮色。五十九只天鹅浮游，作者却不曾为它们完美地计数。那大而碎的圆圈，更是诗人在回忆往事时内心的一些伤感。光辉的天鹅，却叫人疼心；热情的情侣，却在冷水中行进。得与失，理想与现实，短暂与永恒，过往与未来，美好与悲切，诗中充满矛盾。

诗中的矛盾是作者的心境与经历，而我们每个人都会充满矛盾。那就看，我们能不能将矛盾变成我们内心强大的力量。

陈璇 《Shanghai Live》主持人

1919年的秋天，叶芝在柯尔庄园度假时看见水中的一群野天鹅，若隐若现，优美而神秘。

不少评论说叶芝喜欢用天鹅来比拟人的灵魂，又因为一战刚刚结束这样的特殊背景，在诗中描绘了满目苍凉却又百废待兴的景象。

如果抛开历史和政治的大背景，有没有可能，这就是一位诗人沿着树林漫步到湖边，偶遇野天鹅的简单故事？他闭上眼对野天鹅作出了完美的想象和无限的憧憬，可是当他再睁开眼的那一刻，野天鹅已经飞走，戛然而止，一切成空。野天鹅从来不顺从观者的意志而生存或表演，它们不在乎你看到的是什么，它们只是简单地栖息和嬉戏。人间再怎么变化，它们似乎都可以在自己的世外桃源躲过一切尘世烦扰。无论你的视线是否追寻，它只顾自己来去自如。

与其说野天鹅象征着人的灵魂，不如说野天鹅象征着人性所向往的自由。当野天鹅飞走，我们的灵魂还留下什么？

00:00:65

◀◀ ▶ ▶▶

秋　日

〔奥地利〕里尔克

冯至　译

诵读　徐惟杰

诗歌有声　扫码倾听

赖纳·马利亚·里尔克（1875—1926），奥地利的德语诗人。著有诗集《生活与诗歌》《梦幻》《新诗集》等。

主啊！是时候了。夏日曾经很盛大。
把你的阴影落在日规上，
让秋风刮过田野。

让最后的果实长得丰满，
再给它们两天南方的气候，
迫使它们成熟，
把最后的甘甜酿入浓酒。

谁这时没有房屋，就不必建筑，
谁这时孤独，就永远孤独，
就醒着，读着，写着长信，
在林荫道上来回
不安地游荡，当着落叶纷飞。

00:00:67

◀◀ ▶ ▶▶

诵读者说

徐惟杰 《新闻报道》主持人

秋天似乎总是杂糅着两种对立的情绪：因已收获而生的喜悦，因将入冬而来的悲伤。因此关于秋天的诗虽然特别多，但多数逃不出金黄和枯黄这两种颜色的窠臼。

但这首《秋日》不同。

先是潇洒地让“阴影落在日规上”，“让秋风刮过田野”，抒写清秋的爽利与开阔。继而命令“最后的果实长得丰满”，“把最后的甘甜酿入浓酒”，描摹金秋的丰腴和甘美。最后又来到“孤独”“游荡”“落叶纷飞”的漂泊意象，几分寂寥却并无悲戚。

里尔克给了我们一个色彩更丰富、层次更复杂的秋。

复杂的，总是更有意思的。

00:00:69

我想和你一起生活

〔俄〕茨维塔耶娃

陈黎　张芬龄　译

诵读　邢航　周瑜

诗歌有声　扫码倾听

玛琳娜·伊万诺夫娜·茨维塔耶娃（1892—1941），俄罗斯诗人、小说家、剧作家。著有诗集《黄昏纪念册》等。

我想和你一起生活

在某个小镇，

共享无尽的黄昏

和绵绵不绝的钟声。

在这个小镇的旅店里——

古老时钟敲出的

微弱响声

像时间轻轻滴落。

有时候，在黄昏，自顶楼某个房间传来

笛声，

吹笛者倚着窗牖，

而窗口大朵郁金香。

此刻你若不爱我，我也不会在意。

在房间中央，一个瓷砖砌成的炉子，

每一块瓷砖上画着一幅画：

一颗心，一艘帆船，一朵玫瑰。

而自我们唯一的窗户张望，

雪，雪，雪。

00：00：71
◀◀ ▶ ▶▶

你会躺成我喜欢的姿势：慵懒，
淡然，冷漠。
一两回点燃火柴的
刺耳声。
你香烟的火苗由旺转弱，
烟的末梢颤抖着，颤抖着
短小灰白的烟蒂——连灰烬
你都懒得弹落——
香烟遂飞舞进火中。

00:00:72

诵读者说

邢航 《上海早晨》《媒体大搜索》主持人

茨维塔耶娃一生高傲，卓尔不群。十八岁时出版诗集《黄昏纪念册》，受到诸多诗坛前辈的褒赞和鼓励；爱上大学生，嫁给民粹派的后代，成为两个女童的母亲时却写诗给情人来宣告爱情：“我要从所有的时代，从所有的黑夜那里，从所有的金色的旗帜下，从所有的宝剑下夺回你……”

她的名字仿佛用浪漫和偏执、勇敢和绝对写成，孜孜不倦地追求着心灵交融的爱情，却始终不能如愿。或许崇高的爱从来不容易得到，只有在幻灭中才能窥探一隅。就如同香烟的火苗，最旺时也将熄灭成灰烬；如同绚烂的黄昏，最美时太阳也将西沉。只是慵懒地躺着，而诗人却疯狂地爱着，爱他慵懒、淡然、冷漠的姿态。毋宁说这是懒散、冷漠和自私的态度。这样的爱人，拥有他就像拥有整个世界的繁复和芳华，失去他也即失去了所有的阳光。不灭的余晖与不尽的钟声，是诗人对爱情的承诺。她用诗歌记录生活和情感，也用诗歌追寻真理和真爱。

周瑜 《新闻夜线》主持人

曾经有句话很流行：喜欢你，就是和你一起吃饭。

那，吃好多好多顿饭，就是一直喜欢你，想和你一起生活。

不论路通往何处，在这一刻，爱着，看你躺成我喜欢的慵懒姿势。和笛声、烟灰、雪，一起组成一幅画，回忆起来，曾经沧海也可以微笑。

00:00:75

雪夜林边停歇

〔美〕弗罗斯特

曹明伦　译

中英文诵读　叶子龙　陈璇

诗歌有声　扫码倾听

罗伯特·弗罗斯特（1874—1963），美国诗人。四次获普利策奖，被称为“美国文学中的桂冠诗人”。著有诗集《新罕布什尔》《诗歌选集》《又一片牧场》《一棵作证的树》等。

我想我知道这树林是谁的。
虽然主人的茅屋远在村里；
他不会看见我在这儿停歇
观赏这片白雪覆盖的林子。

想必我的小马会暗自纳闷
怎么不见农舍就停步不前
在树林与冰冻的湖泊之间
在一年中最最黑暗的夜晚。

小马轻轻抖摇颈上的缰铃
仿佛是想问是否把路走错。
林中万籁俱寂，了无回声
只有柔风轻拂，雪花飘落。

这树林真美，隐秘而幽深，
只可惜我还有诺言要履行，
安歇前还要走漫长的路程，
安歇前还要走漫长的路程。

00 : 00 : 77
◀◀ ▶ ▶▶

Whose woods these are I think I know.
His house is in the village though;
He will not see me stopping here
To watch his woods fill up with snow.

My little horse must think it queer
To stop without a farmhouse near
Between the woods and frozen lake
The darkest evening of the year.

He gives his harness bells a shake
To ask if there is some mistake.
The only other sound's the sweep
Of easy wind and downy flake.

The woods are lovely, dark and deep,
But I have promises to keep,
And miles to go before I sleep,
And miles to go before I sleep.

诵读者说

叶子龙 《看东方》主持人

起初读到这首诗的时候一直不明白为什么最后要重复一遍一模一样的话。做过功课方才知晓，弗罗斯特在英美现代诗史上是一个卓尔不群的人物，他的诗往往在“明白易懂”的词句下隐藏着几近深不可测，甚至“可怕的”意境。了解了诗作的背景，就不难理解最后两句诗的意境了。第一句是空间上的里程，是在新英格兰的一段路程，而这里的睡眠说的也是真的睡眠。重复的那一句则是指时间上的里程，而这里的“睡眠”也有“死亡”或是“长眠”的意味。

通读全诗，诗人的心路历程展露无遗。其实这也是作为普通人的我们都要经历的：理想世界迷人而又美好，但现实生活却又经常是磨难重重。也正是在这种经历当中，我们的心灵得到了成长，生活变得更加真实和精彩。

陈璇 《Shanghai Live》主持人

这首诗带给我很强的画面感，和着完美的音乐，这幅画面停留在脑海中久久挥之不去。我们三十好几的人，大多已经送走过长辈亲朋，但或许还未曾认真思考过自己的生死。我想不出面临死亡的感觉，但这首诗却给了我前所未有的面对生死的紧张感，带着绝望的挣扎，又仿佛能看到重生的希望。

00:00:81
◀◀ ▶ ▶▶

拒绝哀悼死于伦敦大火中的孩子

[英] 狄兰·托马斯
汪剑钊　译

诵读　刘砚

诗歌有声　扫码倾听

狄兰·托马斯（1914—1953），英国诗人、作家。著有诗集《我生活的世界》《死亡和出场》、诗文集《爱的地图》等。

直到创造人类
主宰禽兽花木
君临万物的黑暗
以沉寂宣告最后一缕光明闪现
而那静止的时辰
来自轭下躁动不安的大海

而我必须再一次进入
水珠圆润的天庭
和玉蜀黍的犹大教堂
我才能为一个声音的影子祈祷
或在服丧的幽谷之中
播撒我苦涩的种子去哀悼

这个孩子高贵而壮烈的死亡。
我不会去谋杀
她那与严峻的真理同行的人性
也不会再以天真

和青春的挽歌

去亵渎生命的港口。

伦敦的女儿与第一批死者同穴深葬，

众多的至亲好友将她裹没，

永恒的尘粒，母亲深色的血管

默默地傍依着冷漠地

涌流不息的泰晤士河。

第一次生命丧失以后，再没有另一次死亡。

00:00:85

十三种看乌鸫的方式*

〔美〕史蒂文斯

灵石　译

诵读　徐惟杰

诗歌有声　扫码倾听

华莱士·史蒂文斯（1879—1955），美国诗人。曾获普利策奖，被誉为“诗人中的诗人”。著有诗集《风琴》等。

* 收入本书时，译文有所修订。

1

二十座覆雪的山岭之间

唯一移动的

是乌鸫的眼睛。

2

我有三颗心，

像一棵树

停着三只乌鸫。

3

乌鸫在秋风中旋舞，

它是哑剧中不起眼的角色。

4

一个男人和一个女人

是一。

一个男人和一个女人和一只乌鸫

是一。

5

我不知道更喜欢哪个，

抑扬的美

或暗示的美，

鸣叫时的乌鸫

或归于寂静之时。

6

小冰柱在长窗上

填满了野性的玻璃。

乌鸫的影子

在其间穿梭。

情绪

在影子里找到了

无法破解的原因。

7

瘦削的哈丹男人，
你们为何想象金鸟？
难道你们没看见乌鸫
怎样绕着你们周围女人的脚
行走？

8

我知道高贵的音调
以及明晰的、注定的节奏；
但我也知道，
乌鸫卷入了
我所知的事情。

9

乌鸫在视野中消失的时候，
为众多圆圈中的一个
标明了边界。

10

看见乌鸫
在绿光中飞翔，
最在意音韵的老鸨
也会尖叫起来。

11

他乘着一辆马车，
穿过康涅狄格。
一次，恐惧刺穿了他，
他误把马车的影子
当成了乌鸫。

12

河流在奔涌
乌鸫肯定在飞翔。

13

整个下午都是黄昏。

一直在下雪。

而且将要下雪。

乌鸦坐在

雪松的枝丫上。

00:00:91
◀◀ ▶ ▶▶

诵读者说

徐惟杰 《新闻报道》主持人

在我读来，这首诗像是一段水墨动画片，十三个部分独立存在，又以一种蒙太奇式的方式连成一体，由静及动又归于静，由实向虚又回到实，不同的形状、颜色、动作、声音、温度、质感依次出场，构成了丰富立体的视觉画面，让人每一次回看都有新发现。

史蒂文斯说过，诗歌应当做的，就是模糊真实与虚构之间的界限。

有诗人说，现代诗不能理解，只能感受，每个字都有自己的颜色、硬度和音色，诗人就是用字来作画、作曲。

揣上这两句话，你也来读读这首《十三种看乌鸫的方式》吧，相信你会看到一部只属于自己的动画片。

最后，再来一句史蒂文斯的金句吧：

诗歌应该抵抗智力
但却功亏一篑

00:00:93
◀◀ ▶ ▶▶

如果你能在秋季来到

〔美〕狄金森
江枫　译

诵读　毛艳

诗歌有声　扫码倾听

艾米莉·狄金森（1830—1886），美国诗人。被视为现代主义诗歌的先驱之一。代表作品有《云暗》《天使》《这是鸟儿们回来的日子》等。

如果你能在秋季来到，
我会用掸子把夏季掸掉，
一半轻蔑，一半含笑，
像管家妇把苍蝇赶跑。

如果一年后能够见你，
我将把月份缠绕成团——
分别存放在不同的抽屉，
免得，混淆了日期——

如果只耽搁几个世纪，
我会用我的手算计——
把手指逐一屈起，直到
全部倒伏在亡人国里。

如果确知，聚会在生命——
你的和我的生命，结束时——
我愿意把生命抛弃——

00：00：95
◀◀ ▶ ▶▶

如同抛弃一片果皮——

但是现在难以确知
相隔还有多长时日——
这状况刺痛我有如妖蜂——
秘而不宣，是那毒刺。

诵读者说

毛艳 《1/7》主持人

这首《如果你能在秋季来到》是艾米莉·狄金森感情生活的写照。她与一名报纸编辑塞缪尔·鲍尔斯有过一段没有结局的爱情，由于鲍尔斯已婚，两人的爱情无疾而终。在此影响下，狄金森自二十五岁起开始了她多年的闭门不出，弃绝一切社交生活。在爱情中受挫后，坚强勇敢的她通过诗作大胆地倾吐她的情感。

尤其这首诗的最后一段，狄金森把恋人间苦苦的等待和煎熬描写得如此恰到好处，深入人心……

00:00:97

◀◀ ▶ ▶▶

我是秋天最后的花朵

〔芬兰〕索德格朗

北岛　译

诵读　雷小雪

诗歌有声　扫码倾听

伊迪特·伊蕾内·索德格朗（1892—1923），芬兰的瑞典语诗人，北欧文学史上最早的现代主义作家之一。著有诗集《诗》《九月的竖琴》《玫瑰祭坛》《未来的阴影》等。

我是秋天最后的花朵。

我曾被摇荡在夏日的摇篮里，

我曾被置于面对北风的岗位上，

红色的火焰出现

在我苍白的两颊，

我是秋天最后的花朵。

我是死去的春天最年轻的种子：

最后死去是多么容易；

我见到那童话般蓝色的湖，

我听过那死去的夏日的心跳，

我的花萼只握住死亡的种子。

我是秋天最后的花朵。

我见到秋天那布满星星的深奥的宇宙，

我见过温暖的炉边那远处的光亮：

走同样的路多么容易。

我要关上死亡之门。

我是秋天最后的花朵。

00:00:99
◀◀ ▶ ▶▶

诵读者说

雷小雪 《东方新闻》《今晚60分》《双城记》主持人

当你是秋天最后的花朵时，你是自觉悲哀呢，还是感到庆幸的喜悦？诗人索德格朗十六岁罹患肺结核，三十一岁就早早离开了人世。她写下这些文字的时候，饱受病痛折磨，又不知未来，那该是怎样的感受呀！“我听过那死去的夏日的心跳，我的花萼只握住死亡的种子。”可是你在她的诗中触碰到的文字，却充满生的力量——种子、光亮、关上死亡之门……再回到诗人生活中，索德格朗应该是坚强有力的一个人吧。在十六岁得知噩耗之后，她就拿起了笔，直至离去，留下了两百多首具有划时代意义的诗歌作品。这样想着，我试图在悲与喜之间找到一个入口，去诠释。

但其实要在悲喜之间找个入口并不容易。古人强调“不以物喜，不以己悲”，仓央嘉措说“你见，或者不见，我就在那里，不悲不喜”，佛家曰“无挂碍故，无有恐怖”……人区别于植物、动物的重要一点就是丰富的情感，若我们凡事都能置身情感之外，不悲不喜，那岂不是变成物了？

这首诗让我去读生命。

00:01:01

明天到来的是什么

〔芬兰〕索德格朗

北岛　译

诵读　何婕

诗歌有声　扫码倾听

明天到来的是什么？也许不是你。

也许是另一种拥抱，一种新的接触和类似的痛苦……

我将带着独一无二的信念离开你：

我将像你自己的痛苦的一部分那样归来。

我将带着新的决心从另一个天堂走向你。

我将带着同一目光从另一颗星球走向你。

我将带着新形式的旧渴望走向你。

我将以一个古怪、邪恶而忠诚的人走向你，

带着来自你内心荒园的野兽的足迹。

你会打击我，严厉而无力，

正如你在打击你的命运、你的幸福、你的星辰时那样。

我将微笑着捻出丝线绕在我的手指上

而我将把你命运的小线轴藏在自己的衣褶里。

00 : 01 : 03

◀◀ ▶ ▶▶

诵读者说

何婕 《这就是中国》《今晚 60 分》《中国长三角》主持人

伊迪特·伊蕾内·索德格朗是天才诗人，她对生命的追寻与热望在诗句里袒露无遗，虽然看似意象艰涩，但无不体现对明天的想象。诗人翻译的诗作有一种特别的优美，索德格朗的诗当然好，北岛的翻译也极具可读性。

00:01:05

一曲抒情诗

〔英〕艾略特
裘小龙　译

诵读　施琰

诗歌有声　扫码倾听

如果时间和空间，如哲人们所讲，
是实际上无法存在的东西，
那从不感到衰败的太阳，
不比我们有多大了不起。
那么爱人啊，我们为什么要祈想
活上整整一个世纪？
那仅仅活了一天的蝴蝶，一样
也把永恒经历。

当露水还在藤上颤抖时，
我给你的那朵鲜花
已经枯萎了，而野蜂还未飞去
把那野玫瑰吮吸一下。
那么让我们快去采撷新的花朵，
看到花朵憔悴，也不会泪下，
虽然我们爱情的日子屈指可数
但让它们放出神圣的光华。

00:01:07
◀◀ ▶ ▶▶

诵读者说

施琰 《新闻坊》主持人

伟大的作品有一个共性，总能借助最简单的示例，探讨最深刻的命题，进而让人醍醐灌顶。

时间和空间究竟是什么？它们真的存在吗？从人类会思考的那天起，对这个命题的探索就从未停止。

从狭义相对论的角度，时间和空间是相对的物质客观存在。宇宙中，物质实体之外的部分叫空间；而时间，则是物质周围时空的一把标尺。它与物体的质量和速度有关。也可以说，它们只是宇宙的一个维度。哲学上，时间和空间的依存关系，表达着事物的演化秩序。

但对于愚笨如我，这种解释仍然过于抽象。

单单是时间，就有太多待解的疑问：为什么愉快的时光总是弹指一挥，而艰困的时刻，却常常度日如年？总说时间在流逝，为什么即便生命消逝了，时间却永不逝去？如果时间只是度量事态变化的工具，那么绝对零度的静止，是不是可以喊停时间？人类一思考，上帝就发笑。还是把烦恼交回给哲人们去承担吧，时间和空间都是假象，这，就是我想要的欢喜。不是吗？只活一天的蝴蝶，和看似傲娇的太阳，一样经历着永恒。“虽然我们爱情的日子屈指可数，但让它们放出神圣的光华。”在这份喜悦美好面前，一切思考都愚蠢至极！

从一片泛滥无形的水里

00:01:11

◀◀ ▶ ▶▶

莲　灯

林徽因

诵读　张定浩

诗歌有声　扫码倾听

林徽因（1904—1955），建筑学家、诗人、作家。代表作品有《你是人间四月天》《莲灯》《谁爱这不息的变幻》等。

如果我的心是一朵莲花，
正中擎出一支点亮的蜡，
荧荧虽则单是那一剪光，
我也要它骄傲的捧出辉煌。
不怕它只是我个人的莲灯，
照不见前后崎岖的人生——
浮沉它依附着人海的浪涛
明暗自成了它内心的秘奥。
单是那光一闪花一朵——
像一叶轻舸驶出了江河——
宛转它漂随命运的波涌
等候那阵阵风向远处推送。
算做一次过客在宇宙里，
认识这玲珑的生从容的死，
这飘忽的途程也就是个——
也就是个美丽美丽的梦。

00:01:13

◀◀ ▶ ▶▶

诵读者说

张定浩　诗人、文学评论家

《莲灯》这首诗的落款是徐志摩去世后的第一个中元节。照旧俗，这一夜要放莲灯，接引鬼魂。莲灯或用真花，或以纸糊成莲花形，在中央放上一盏灯或一根蜡烛，置入江河湖海，任其漂流浮泛。所以这首诗，某种程度上算是一种实录。

节日是一种重复的提醒，最重要的朋友不在了。原本，她以为这份爱将转化成一生的友谊，在无尽的谈话引发的精神愉悦中激励彼此的生命，如今，爱和友谊都为死所覆盖，像画被画框定形，它们之间的冲突消失，隐伏的危险也消失，只剩下巨大的痛苦。1940 年代的袁可嘉从后来者的视角审视过新诗从抒情到戏剧的运动，“现代诗人重新发现诗是经验的传达而非单纯的热情的宣泄”，但此类文学史的勾勒通常只能帮助我们理解平庸，知晓一种平庸如何进化成另一种平庸，却无力帮助我们感受何为杰出。比如对林徽因而言，诗就既非传达经验也非宣泄热情，诗是体验和辨识情感，并整理和消化自己的痛苦，是确认失去却仍企图从失去中夺回一点什么的挽歌，它从一开始就是向内和为己的。

必须认清艺术家在人世苦难和肉身痛苦面前的无能为力。在给费蔚梅的信中，林徽因说："在读过托尔斯泰关于 1805—1812 年在莫斯科和彼得堡之间的人类活动的浩繁记录之后，我必须承认，在李庄或重庆，在昆明或北平或上海，从 1922 年到 1943 年期间的人类活动同《战争与和平》中所描写的一个世纪以前发生在陌生的俄罗斯的事情是何等惊人地相似。因此为什么不干脆容忍这一切算了——我指的是一般意义上的生活和人……我们尝够了生活而且也受过它的冷酷艰辛的考验。我们已经丧失了我们的大部分健康但意志一点也没有衰退。我们现在确实知道享受生活和受苦是一回事。"艺术家不是嗜痂者，而是爱的创造者，是在一次次重复且不可避免的苦难与痛苦面前创造出独独属于他自己的"形式的生命"（福西永语）。

这"形式的生命"，在《莲灯》一诗中，首先呈现为一系列明亮的韵脚。亡魂弥漫的夜色与悲哀，在此刻为“一剪光”所聚拢，照耀，对友人的怀念被最大程度地转化为一种自证。岩井俊二电影《情书》末尾，女孩子冲着面前的雪山高喊：“你好吗？”然后再对着那山谷中传来的回音喊道：“我很好。”这样皑皑如雪的自问自答，堪作《莲灯》一诗没有说出的旁白。

《莲灯》在意思的层面，可以说是一个一气呵成的长句子，但落实到每一行，仿佛又是在不断地重新开始，与此相应的，是每一行音节的重音都落在开端部分，像一个人一次次企图振作，随后的自然陈述和适当的倒装相错落，共同构成漂亮规整的五音步起伏，如同诗人的目光顺着黑暗河流上灯火的起伏。最后两行，突然打破之前双韵体的韵脚变换，代之以词语的复沓，以此对应于灯火消失在远处的夜里，并转化为梦。

索隐派企图通过各种细节的对应，去追踪和还原一首首诗背后的情事，这种刻舟求剑的方式无法抵达诗本身，甚至也无法真正认识感情。约翰·凯奇，那位懂得“沉默”的音乐家，在一次演讲中说道：“有人说，艺术应该来自内心，这样它才会深邃。不过在我看来，艺术是去往内心的。”同样，好的抒情诗也并非来自某种特定感情的抒发表达，相反，它是引领我们走向那些不可讲述和无力表达的感情，就像那些曲折有形的回廊将我们引领至一个明暗交错的院落，在那里，如果幸运的话，我们会遇见沉默的言语。

00:01:17

烦　忧

戴望舒

诵读　李菡

诗歌有声　扫码倾听

戴望舒（1905—1950），诗人、翻译家。著有诗集《我的记忆》《望舒草》《戴望舒诗集》等。

说是寂寞的秋的清愁，
说是辽远的海的相思。
假如有人问我的烦忧，
我不敢说出你的名字。

我不敢说出你的名字，
假如有人问我的烦忧：
说是辽远的海的相思，
说是寂寞的秋的清愁。

00:01:19
◀◀ ▶ ▶▶

诵读者说

李菡 《东方新闻》主持人

全诗八句两组，呈轴对称排列，形式整齐，气韵悠长。你的名字是海的潮声，我的相思是秋叶翻飞；心中充满绵绵不绝的爱恋，却没有勇气说出口——你我都曾有过的“烦忧”吧。

有一些爱，从来都是含蓄深沉，却能洞穿一切；有一个人，从来都是低调谦卑的性情，却保有长久的热烈。比如《霍乱时期的爱情》：穷小子阿里萨少年时偶然见到并爱上了费尔明娜。后来半个多世纪的时间里，他默默看着她与一个门当户对的贵族结婚。等到她的丈夫去世后，阿里萨才站到费尔明娜面前，向她重申了永恒的忠贞。这就是爱情的一种模样吧，“秋的清愁”“海的相思”那么深那么长，却都抵不过你的名字。

古典含蓄的爱情是一种状态，我们有时只能描述、记忆乃至缅怀，却不能把握或掌控。于是有了“山有木兮木有枝，心悦君兮君不知”，袅袅惆怅；“平生不会相思，才会相思，便害相思”，恻恻动人。

00:01:21
◀◀ ▶ ▶▶

秋　天

何其芳

诵读　印海蓉

诗歌有声　扫码倾听

何其芳（1912—1977），原名何永芳，诗人、散文家、文学评论家。著有诗集《预言》《夜歌》等。

震落了清晨满披着的露珠，
伐木声丁丁地飘出幽谷。
放下饱食过稻香的镰刀，
用背篓来装竹篱间肥硕的瓜果。
秋天栖息在农家里。

向江面的冷雾撒下圆圆的网，
收起青鳊鱼似的乌桕叶的影子。
芦篷上满载着白霜，
轻轻摇着归泊的小桨。
秋天游戏在渔船上。

草野在蟋蟀声中更寥阔了。
溪水因枯涸见石更清冽了。
牛背上的笛声何处去了，
那满流着夏夜的香与热的笛孔？
秋天梦寐在牧羊女的眼里。

00:01:23

◀◀ ▶ ▶▶

诵读者说

印海蓉 《新闻报道》主持人

读起来朗朗上口的一首诗。格律工整，细腻优美，诗人直抒胸怀，秋天的景象丰满而引人入胜，一幅常见的农家秋景图在诗人的笔下有声有色，灵动不已。

秋天是动听的。伐木声、摇桨声、蟋蟀声、溪水声、牧笛声，满眼的秋色里，竟然这么多美妙的和鸣，顿时忘却这是一年中即将走向凋零肃杀的季节。

秋天是梦幻的。伐木收割的农人、撒网嬉戏的船家、原野放牛的牧童，全诗除了最后一句提及牧羊女，通篇没有写人，但每一句都可见人的身影，如此闲适清远的秋色，怎舍得离去？

秋天又是流动的，她在农家院落停留，带着瓜果的香气飘浮于不远处的江面，凝结成眉间的白霜，抬眼又融化进旷野的溪流，融化进香热的笛孔……

爱日月流转，爱山川故里，爱秋色里的每一处气息。文字窥见诗人饱含深情的内心，唯愿这般美景定格成永恒。

00:01:25

预　言

何其芳

诵读　舒怡

诗歌有声　扫码倾听

这一个心跳的日子终于来临！
你夜的叹息似的渐近的足音
我听得清不是林叶和夜风的私语，
麋鹿驰过苔径的细碎的蹄声！
告诉我，用你银铃的歌声告诉我，
你是不是预言中的年轻的神？

你一定来自那温郁的南方，
告诉我那儿的月色，那儿的日光，
告诉我春风是怎样吹开百花，
燕子是怎样痴恋着绿杨。
我将合眼睡在你如梦的歌声里，
那温馨我似乎记得，又似乎遗忘。

请停下，停下你疲劳的奔波，
进来，这儿有虎皮的褥你坐！
让我烧起每一片秋天拾来的落叶，
听我低低地唱起我自己的歌。

00:01:27
◀◀ ▶ ▶▶

那歌声像火光一样沉郁又高扬，
火光一样将我的一生诉说。

不要前行！前面是无边的森林：
古老的树现着野兽身上的斑纹，
半生半死的藤蟒一样交缠着，
密叶里漏不下一颗星星。
你将怯怯地不敢放下第二步，
当你听见了第一步空寥的回声。

一定要走吗？请等我和你同行！
我的脚知道每一条平安的路径，
我可以不停地唱着忘倦的歌，
再给你，再给你手的温存。
当夜的浓黑遮断了我们，
你可以不转眼地望着我的眼睛。

我激动的歌声你竟不听，

你的脚竟不为我的颤抖暂停！
像静穆的微风飘过这黄昏里，
消失了，消失了你骄傲的足音！
呵，你终于如预言中所说的无语而来，
无语而去了吗，年轻的神？

00:01:29

◀◀ ▶ ▶▶

诵读者说

舒怡 《新闻坊》主持人

中学时代便读过何其芳的诗，在那个容易“小鹿乱撞”的年纪，虽然其中的意境还不能完全读懂，但诗歌的“美”扑面而来。此后才得知，原来这首《预言》是诗人十九岁时写下的对自己爱而不能得的初恋的“预言”。

他先是把自己心仪已久的恋人比作“年轻的神”，并用麋鹿走过苔径时的足音，暗喻自己在期待恋人来临时的敏感和紧张。这份细腻、温柔和小心翼翼，每一个经历过爱情的人都能读懂。中间诗人宕开一笔，把对爱情的向往用“自言自语”的方式展开，纯真又浪漫。

> 请停下，停下你疲劳的奔波，
> 进来，这儿有虎皮的褥你坐！
> 让我烧起每一片秋天拾来的落叶，

听我低低地唱起我自己的歌。

写到此处，诗人激动的情绪溢于言表。不过到最后画风陡转，他预感到所有的一切不过是一场幻梦，可望而不可即。

诗歌是何其芳最为喜爱的文学样式，他曾说自己创作诗歌时“成天梦着一些美丽的温柔的东西”，就像他的名字一样：何其芳——多么芬芳，多么美好，多么令人陶醉。

00:01:31

春

穆　旦

诵读　叶子龙

诗歌有声　扫码倾听

穆旦（1918—1977），原名查良铮，诗人、翻译家。著有诗集《探险队》《穆旦诗集》《旗》等，译有《青铜骑士》《云雀》《唐璜》《拜伦诗选》《济慈诗选》等。

绿色的火焰在草上摇曳，
他渴求着拥抱你，花朵。
反抗着土地，花朵伸出来，
当暖风吹来烦恼，或者欢乐。
如果你是醒了，推开窗子，
看这满园的欲望多么美丽。

蓝天下，为永远的谜迷惑着的
是我们二十岁的紧闭的肉体，
一如那泥土做成的鸟的歌，
你们被点燃，却无处归依。
呵，光，影，声，色，都已经赤裸，
痛苦着，等待伸入新的组合。

00:01:33

◀◀ ▶ ▶▶

诵读者说

叶子龙 《看东方》主持人

孟浩然的春是“夜来风雨声，花落知多少”，李煜的春是“问君能有几多愁？恰似一江春水向东流”，刘方平的春是“寂寞空庭春欲晚，梨花满地不开门”，而我的春简单，没有那么多的伤愁和感慨，就“一本书中的一首小诗、一杯茶里的一抹鲜绿和手边春草萌发的香气”足矣。

但，总觉了无新意。直到读到穆旦的这首《春》，仿佛一下子找到了答案，春风拂面的那种满足。

穆旦对英美现代诗歌理论与批评理论的吸收，加上他本身的年轻活力，都使他的诗歌具有突出的现代特质。在《春》这首小诗中，就表现得尤为明显了。

在诗中，我们可以发现三组不同色调的词语：“火焰、摇曳、渴求、拥抱、反抗、伸、推、点燃”，“绿色、土地、看、归依”，“紧闭、组合”。发现它们的不同了吗？一组是动感强烈的，一组是淡定静态的，而第三组则表现出了张力的共存。这三组词汇相互交织，奠定了诗歌沉挚、坚实、富有现代感的抒情基调。语言的紧凑、节奏的饱满和意象的集中都让作为读者的我们对生命中的新生产生无比的迷恋之情，并愿意为之等待。

00 : 01 : 35

我们准备着

冯　至

诵读　张译心

诗歌有声　扫码倾听

冯至（1905—1993），原名冯承植，诗人、翻译家。著有诗集《十四行集》等。

我们准备着深深地领受
那些意想不到的奇迹，
在漫长的岁月里忽然有
彗星的出现，狂风乍起。

我们的生命在这一瞬间，
仿佛在第一次的拥抱里
过去的悲欢忽然在眼前
凝结成屹然不动的形体。

我们赞颂那些小昆虫，
它们经过了一次交媾
或是抵御了一次危险，

便结束它们美妙的一生。
我们整个的生命在承受
狂风乍起，彗星的出现。

00 : 01 : 37

诵读者说

张译心 《上海早晨》主持人

《我们准备着》是冯至《十四行集》中的第一首诗，在某种意义上为整部《十四行集》设定了基本的构成框架：忍耐，承受，保持对某种“恩惠”的虔诚期待，在诗行中营造出一种潜在的张力。

整首诗和歌德“飞蛾扑火”的比喻非常相似，正是看到生命的脆弱和无常，才有面对死亡的勇气。在二十世纪四十年代的特殊文学语境中，冯至曾谈到在抗战最艰苦的时期，社会腐败，而“任何一棵田埂上的小草，任何一棵山坡上的树木，都曾经给予我许多启示。在寂寞中，在无人可与告语的境况里，它们始终维系住了我向上的心情……我在它们那里领悟了什么是生长，明白了什么是忍耐”。

然而，这并非一首绝望和沮丧的诗，我们可以感受到诗歌中坚韧的生命意志和忍耐力，而这一切正是对“自我”之外所有神圣力量的虔诚领受，有限的生命在这样的领受中获得存在的意义。这种思想的一个重要理论资源就是里尔克。翻开里尔克的《宅神祭品》《梦中加冕》，以及他自己编辑的刊物《菊苣集》等，你会发现，他的诗歌充满孤独痛苦的情绪和悲观虚无的思想，诗人对死亡意象情有独钟。对此，冯至有自己的理解："（里尔克）告诉我们，人到世上来，是艰难而孤单的。一个个的人在世上好似花园里的那些排着的树。枝枝叶叶也许有些呼应吧，但是它们的根，它们盘结在地下摄取营养的根却各不相干，又沉静，又孤单……谁若要真实地生活，就必须脱离现成的习俗，自己独立成为一个生存者，担当生活的种种问题，和我们的始祖所担当过的一样，不能容有一些儿代替。"

由此可知，冯至在这首《我们准备着》中所赞美的并非死亡，而是生命的坚韧和奇迹。

00 : 01 : 39

从一片泛滥无形的水里

冯　至

诵读　陈璇

诗歌有声　扫码倾听

00 : 01 : 40

◀◀ ▶ ▶▶

从一片泛滥无形的水里，
取水人取来椭圆的一瓶，
这点水就得到一个定形；
看，在秋风里飘扬的风旗，

它把住些把不住的事体，
让远方的光、远方的黑夜
和些远方的草木的荣谢，
还有个奔向远方的心意，

都保留一些在这面旗上。
我们空空听过一夜风声，
空看了一天的草黄叶红，

向何处安排我们的思、想？
但愿这些诗像一面风旗
把住一些把不住的事体。

00 : 01 : 41

◀◀ ▶ ▶▶

诵读者说

陈璇 《Shanghai Live》主持人

冯至写了二十七首十四行诗，而这首就是第二十七首。虽然这二十七首诗之间并非都有明确的延续和关联，但因创作主题和时间，我想应该是自成系列的。读这最后一首，让我多多少少感觉到一丝升华的意味，尤其看第二十六首的最后一段是："不要觉得一切都已熟悉，到死时抚摸自己的发肤生了疑问：这是谁的身体？"拨开云雾，看人生的归宿，"我们空空听过一夜风声，空看了一天的草黄叶红"，最后只期许这一面风旗，能留住一些留不住的事体。好像这面所谓的风旗是人生的墓碑，刻下流逝的岁月；也好像是一本历史书，古今多少事都付笑谈中。

生命就似无形的水，当你用椭圆的一瓶来装满它，才有了一个样子，所以无论是谁的身体，皮囊之下，淡然如水的心，最终成为了事和体的所在，指引我们放下人生这场比赛。

00:01:43

◀◀ ▶ ▶▶

海子小夜曲

海　子

诵读　张译心

诗歌有声　扫码倾听

海子（1964—1989），原名查海生，诗人。代表作品有《亚洲铜》《麦地》《以梦为马》《面朝大海，春暖花开》等。

00:01:44
◀◀ ▶ ▶▶

以前的夜里我们静静地坐着
我们双膝如木
我们支起了耳朵
我们听得见平原上的水和诗歌
这是我们自己的平原，夜晚和诗歌

如今只剩下我一个
只有我一个双膝如木
只有我一个支起了耳朵
只有我一个听得见平原上的水
　　诗歌中的水
在这个下雨的夜晚
如今只剩下我一个
为你写着诗歌
这是我们共同的平原和水
这是我们共同的夜晚和诗歌

00:01:45
◀◀ ▶ ▶▶

是谁这么说过　海水
要走了　要到处看看
我们曾在这儿坐过

诵读者说

张译心 《上海早晨》主持人

当我第一次念它时，就没把它当成一首写爱情的诗。

诗人的内心是广阔的，而每个读诗的人，读出的也都是自己的世界。

我始终认为，每个人的心里都住着另外一个“我”——那个生命源头的“我”，那个未经浸染而最初的“我”，那个被叫作理想或灵魂的“我”。当那个“我”在“双膝如木”“支起耳朵”“听得见平原上的水”时，这个“我”却在生活的一地鸡毛中，僵硬了双膝，关闭了耳朵，远离了内心。

生命即关系。我们所有外在的混乱，都只是内在冲突的外化而已。

可是，没关系。因为那个“我”始终都在生命的源头等着我们——双膝如木，支起耳朵，听得见平原上的水，诗歌中的水。

00：01：47
◀◀ ▶ ▶▶

三年前，我去了世界的尽头——南美洲那个为达尔文写《物种起源》带来灵感的地方。回国后，我写文章说：“要飞行六十小时，这是名副其实最难抵达的地方。”可现在，我却愈发觉得，最难抵达的地方，是我们的内心。这是一段美丽而艰难的旅行，愿我们都能离自己和自己的内心，更近一些，再近一些。

00:01:49

◀◀ ▶ ▶▶

日　记

海　子

诵读　朱亚南

诗歌有声　扫码倾听

姐姐，今夜我在德令哈，夜色笼罩
姐姐，我今夜只有戈壁

草原尽头我两手空空
悲痛时握不住一颗泪滴
姐姐，今夜我在德令哈
这是雨水中一座荒凉的城

除了那些路过的和居住的
德令哈……今夜
这是唯一的，最后的，抒情。
这是唯一的，最后的，草原。

我把石头还给石头
让胜利的胜利
今夜青稞只属于她自己
一切都在生长

00:01:51
◀◀ ▶ ▶▶

今夜我只有美丽的戈壁　空空

姐姐，今夜我不关心人类，我只想你

诵读者说

朱亚南 《媒体大搜索》主持人

这是一首让我情难自已的诗。这是一个孤寂的人在和孤寂对话；这是一个孤寂的灵魂在和冰冷的世间对抗；这是一颗孤寂的心在用最后的温暖，让寂寞开出了花。

也许我们每个人都是孤独的。马尔克斯说“生命中曾经拥有过的所有灿烂，原来终究，都需要用寂寞来偿还。”宫崎骏说：“我们的孤独就像天空中飘浮的城市，仿佛一个秘密，却无从述说。”

海子知道孤独的摧毁力，“草原尽头我两手空空 / 悲痛时握不住一颗泪滴”，但是面对孤独，他知道坦诚、淡然也许是最好的方法，也因此，孤独带有了温度，把石头还给了石头，空空的戈壁也变得美丽。而最后那句“我只想你”，就好比岩浆奔涌到了火山口。但我觉得这份爱与思念终究是孤独的产物，所以它仍然是孤独的、隐忍的。海子在这样的炽热和隐忍中使自己得以净化。

我更愿意把这首《日记》看成一座冰雪覆盖的火山。当人们看着这座孤独的火山时，也许会说："我知道，岩浆仍然在火山深处翻腾！"

00:01:55

天　鹅

张　枣

诵读　雷小雪

诗歌有声　扫码倾听

张枣（1962—2010），诗人、学者、翻译家。代表作品有《灯芯绒幸福的舞蹈》《镜中》《何人斯》等。

尚未抵达形式之前
你是怎样厌倦自己
逆着暗流，顶着冷雨
惩罚自己，一遍又一遍

你是怎样
飘零在你自身之外
什么都可以伤害你
甚至最温柔的情侣

各样的恓惶，大自然
要撵走你，或者
用看不见的绳索，系住
你这还不真实的纸鹭

宇宙充满了哗哗的水响
和尚未泄漏的种族的形态
而，天鹅，天鹅，那是你吗？

00：01：57
◀◀ ▶ ▶▶

而明天，只是被称呼为明天的今天

这个命定的黄昏

你嘹亮地向我显现

我将我的心敞开，在过渡时

我也让我被你看见

诵读者说

雷小雪 《东方新闻》《今晚 60 分》《双城记》主持人

一直觉得天鹅是柔弱的，最是它低头那一瞬，长长的脖子和水中的倒影构成一道美丽的曲线。而日常图画中、饰品中的天鹅，也总是展现着这道完美的曲线。温婉娴静，这是我心中的天鹅。

但张枣的天鹅是挣扎的，“逆着暗流，顶着冷雨 / 惩罚自己，一遍又一遍”，也是特别容易受伤的，“什么都可以伤害你 / 甚至最温柔的情侣”。可能这世间最美的东西，总得经过涅槃而得吧？第一只演化为天鹅的丑小鸭该是深有体会，只有它知道美丽背后的艰辛和蜕变。电影《黑天鹅》里，娜塔莉 · 波特曼扮演的舞者想要一人分饰黑天鹅、白天鹅两个角色，并因此陷入与另一个舞者的竞争，这种竞争近乎扭曲。但到最后她发现，这个所谓的竞争者不过是自己的幻想。很多影评从精神分析学的角度来分析，人性、人的成长、人的心理需求……心理学家似乎觉得，很多普通人也跟剧中的娜塔莉·波特曼一样，生活在别人的期待中，压抑欲望，伪装内心，假装强者，总希望自己是别人眼中的白天鹅，显现的一切都是美的。回过头来再看张枣的天鹅，似乎也有这样的挣扎——“尚未抵达形式之前 / 你是怎样厌倦自己”，“你是怎样 / 飘零在你自身之外”。想起林清玄《思想的天鹅》，他心中的天鹅有着历经风雨后的淡然开阔。“我让那只天鹅起飞，心里一点不操心，因为我知道天鹅有一个家乡，它的远途旅行只是偶然的栖息，它总会飞回来，并以一种优雅温柔的姿势，在湖中降落。”

你心中的“天鹅”是怎样的，你读出的《天鹅》就是怎样的。

00:01:61
◀◀ ▶ ▶▶

深秋的故事

张　枣

诵读　叶子龙

诗歌有声　扫码倾听

00 : 01 : 62
◀◀ ▶ ▶▶

向深秋再走几日
我就会接受她震悚的背影
她开口说江南如一棵树
我眼前的景色便开始结果
开始迢递；呵，她所说的那种季候
仿佛正对着逆流而上的某个人
开花，并穿越信誓的拱桥

落下一片叶
就知道是甲子年
我身边的老人们
菊花般升腾，坠地
情人们的地方蚕食其他的地方
她便说江南如她的发型
没有雨天，纸片都叠成了乳燕

而我渐渐登上了晴朗的梯子
诗行中有栏杆，我眼前的地图

00 : 01 : 63
◀◀ ▶ ▶▶

开始飘零，收敛

我用手指清理着落花

一遍又一遍地叨念自己的名字，仿佛

那有着许多小石桥的江南

我哪天会经过，正如同

经过她寂静的耳畔

她的袖口藏着皎美的气候

而整个那地方

也会在她的脸上张望

也许我们不会惊动那些老人们

他们菊花般升腾坠地

清晰并且芬芳

诵读者说

叶子龙 《看东方》主持人

张枣聪明又调皮，浪漫还多情。聪明的是一上来就把他要讲述的故事所发生的时间和空间交代得无比清楚，调皮在于你读着读着就发现其实这首诗里包含了两个故事。浪漫多情自不必说了，深秋的色彩、主人公的心情色彩以及爱情故事的色彩，都无时无刻不透露着“罗曼蒂克”。

诗中“她开口说江南如一棵树”像有魔力一般将我深深吸引，有股力量推着自己往前走，去探寻这个“她”和她口中的江南，后来才发现这棵“树”上的叶子原来是一个一个人和一个一个故事，“开花”“结果”说的是人的长大和成熟，而“飘零”和“收敛”是在说人的苍老与消逝。“登上晴朗的梯子”时故事巧妙地发生了转换，从“她的故事”变成了“我的”，这种像极了蒙太奇的手法使这出戏实现了大逆转，戏剧一般的人称变化带来了想象力的震撼，却又一点都不让人感到突兀。

深秋，踩在望不到尽头的黄金城道上，不远处的她在看风景，而我却在看她。

00 : 01 : 67

◀◀ ▶ ▶▶

唯有旧日子带给我们幸福

柏　桦

诵读　陶淳　施琰

诗歌有声　扫码倾听

柏桦，诗人、作家。著有诗集《望气的人》《往事》《为你消得万古愁》等。

00:01:68

◀◀ ▶ ▶▶

墙上的挂钟还是那个样子

低沉的声音从里面发出

不知受着怎样一种忧郁的折磨

时间也变得空虚

像冬日的薄雾

我坐在黑色的椅子上

随便翻动厚厚的书籍

也许我什么都没有做

只暗自等候你熟悉的脚步

钟声仿佛在很远的地方响起

我的耳朵痛苦地倾听

想起去年你曾来过

单纯、固执，我感动得大哭

今夜我心爱的拜访还会再来吗?

我知道你总是老样子

但你每一次都注定带来不同的快乐

00：01：69
◀◀ ▶ ▶▶

我记得那一年夏天的傍晚
我们谈了许多话，走了许多路
接着是彻夜不眠的激动
哦，太遥远了
直到今天我才明白
这一切全是为了另一些季节的幽独

可能某一个冬天的傍晚
我偶然如此时
似乎在阅读，似乎在等候
性急与难过交替
目光流露宁静的无助
许多年前的姿态又会单调地重复

我想我们的消逝一定是一样的
比如头发与日历
比如夸夸其谈与年轻时的装束

那时你一生气就撕掉我的信封
这些美丽的事迹若星星
不同，却缀满记忆的夜空
我一想到它就伤心，亲切而平和

望着窗外渐浓的寒霜
冷风拍打着孤独的树干
我暗自思量这勇敢的身躯
究竟是谁使它坚如石头
一到春天就枝繁叶茂
不像你，也不像我
一次长成只为了一次零落

那些数不清的季节和眼泪
它们都去哪里了？
我们的影子和夜晚
又将在哪里逢着？

00:01:71
◀◀ ▶ ▶▶

一滴泪珠坠落，打湿书页的一角

一根头发飘下来，又轻轻拂走

如果你这时来访，我会对你说

记住吧，老朋友

唯有旧日子带给我们幸福

00 : 01 : 73

◀◀ ▶ ▶▶

点　灯

陈东东

诵读　林牧茵

诗歌有声　扫码倾听

陈东东，诗人、作家。著有诗集《夏之书 · 解禁书》《导游图》《海神的一夜》等。

把灯点到石头里去，让他们看看
海的姿态，让他们看看古代的鱼
也应该让他们看看亮光
一盏高举在山上的灯

灯也该点到江水里去，让他们看看
活着的鱼，让他们看看无声的海
也应该让他们看看落日
一只火鸟从树林腾起

点灯。当我用手去阻挡北风
当我站到了峡谷之间
我想他们会向我围拢
会来看我灯一样的语言

00:01:75
◀◀ ▶ ▶▶

诵读者说

林牧茵 《新闻夜线》主持人

点灯，向来具有强烈的象征意义。

灯，常与光明、希望、温暖、力量、智慧相关联。

点灯，则意味着带来光明、希望，给予力量、智慧。

而点灯的背景，黑色当仁不让。暗幕中的一盏灯，驱走黑暗，指引光明。

一下子被这首小诗的名字吸引，抓住了心。

“把灯点到石头里去”。首句魔幻现实般的描述，把读者的视线牵回亿万年前。海的姿态、古代的鱼、彼时的“亮光”会是怎样？令人神往。

“一盏高举在山上的灯”，给出答案。

联想到“山巅之城”的典故。

“把灯点到江水里去”。活着的鱼，与现实关联；无声的海，沉重压抑；落日，怅然若失。打破这灰暗压抑的，是一只从树林中腾起的火鸟。烈火的颜色，腾起的姿态，将“点灯”变幻为极富冲击力的画面。

最后一节，“我”作为人类出场。阻挡北风，矗立在峡谷之间，看似渺小，而我却可以吸引万物围拢，因为我有“灯一样的语言”。

00:01:77

◀◀ ▶ ▶▶

南方之夜（节选）

孙甘露

诵读　徐惟杰

诗歌有声　扫码倾听

孙甘露，作家。著有长篇小说《呼吸》、中短篇小说集《我是少年酒坛子》、随笔集《比缓慢更缓慢》等。

这一夜如此漫长，足够人们阅读某个家族的谱系。从头至尾，完整而伤感，丰溢却又是充满了折磨。

上海，这座梦幻之城，被植入了多少异族的思想和意念。苏州河上的烟雾，如此迷离，带着硫磺和肉体的气息，漂浮着纸币和胭脂。铁桥和水泥桥的两侧布满了移动的人形，衔着纸烟，在雨天举着伞，或者在夕阳中垂荡着双手，臂膀与陌生人相接，挤上日趋旧去的电车。那些标语、横幅、招贴、广告、商标，转眼化为无痕春梦。路面已重新铺设，六十年代初期尚存的电车路轨的闪光和嚓嚓声仿佛在街头游行的人群散去之后，为魔法所撤走。

街道始终是宁静的。如果冥想和缅怀不能滤去喧嚣的市声，那么像书页一般单薄脆弱的记忆就只能留住指纹而非目光了。人们在这里出生，玩耍，上学，恋爱，谋生，用眼睛抚摸了它的整个外观。四季中的每一天，一天中的每一分钟，在暮色和晨曦中辨认它，不为什么，仿佛只是一次惜别前的凝视，深情却又是一片茫然。期待和允诺像条形码一样抽象简洁地隐含着金属的光芒。它是一座城市的脚注，或者一份无限适用的词汇表、摘要、梗概和枢纽。它是一首被激烈地演奏着的交响组曲（我们时代最最泛滥的词汇之一），遗憾的是它没有延宕和休止，就像一次潜水，除非我演变为鱼，否则我们将不再生还。

时间，漫长而曲折，我们从中获取的沉思的品性因为陶醉和沉溺而逐渐丧失，归之为更为绵长、更加无以体会的冥想，犹如我无所领悟的微妙的计时装置，或者以墓地作为衬景的用途不明的教堂的洪亮悠扬的钟声。

这是一个世代。它需要誊写使之丰富完整地呈现出来。福尔曾经为类似的时刻作过批注："最初的一些行动所引起的短暂的幻想之后，在人们的心灵中又掀起了形而上学的绝望的巨浪，同时，一种无度的个人主义觉察到了永远不可能越过的边界。"

当曙光即将来临的时候，当我们对夜晚还有片刻的体会之时，当这座沿海的城市即将苏醒之时，允许我为你念出这样的台词："我以忧郁的自负这样想，宇宙会变化，而我不会。"

00:01:81

出租汽车总在绝望时开来

王小龙

诵读　李吟涛

诗歌有声　扫码倾听

王小龙，纪录片工作者、诗人。著有诗集《男人也要生一次孩子》《每个年代都有它的表情》《我的老吉普》等。

上次也是
为了去饭店结婚
我和她站在马路边上
扮演一对彩色的布娃娃
装出很幸福的样子
急得心里出汗
希望是手表快了一刻钟
会不会搞错地址
也不知道从南边从北边过来
只好一人盯着一边
想象间谍电影中的人物
又过了一刻钟
他们在饭店等得脸都绿了吧
不管认识不认识都是亲友
挣扎出几句不咸不淡的问问
不时呵斥孩子们停止干杯演习
后来到了那里才想起
领带还在衣兜里

00：01：83
◀◀ ▶ ▶▶

赶快系上把裤带勒紧

不我不是要自杀

这次又是

她提着药、牙齿和脏衣服

像假释出狱的女囚

我数着进出医院的脚和脚

想看出一个结果

中国是男人多还是女人多

索性不去等了

它一定又是在那个时刻出现

一个注定的时刻

诵读者说

李吟涛　SMG 融媒体中心新闻采访部副主任

“出租汽车总在绝望时开来”，多么日常的表达。不知道它会从南边还是北边过来，结果两个人一人盯着一边，这不就是城市打车难的真实写照？

自从有了滴滴，我就不怎么打出租车了。有一次和医生约好了去医院检查，地铁四十分钟，打车二十分钟。我在还有三十分钟的时候出门打车，花了七倍于地铁的钱，最后还迟到了十五分钟。对，这个时候，你就懂了什么叫“出租汽车总在绝望时开来”。

查资料时发现，这首诗竟然写在 1981 年，比我的年纪还大。看来王小龙不仅是当代口语诗歌的先锋，还是个出色的预言家。

我曾不止一次想过用方言来朗读这首诗。因为它一点也不像是在吟诗作对，那种闲言碎语式的抱怨，反而更像是在跟朋友打电话，更需要方言中的那股子市井气——“不我不是要自杀”。语言习惯上的差异是最后作罢的原因，毕竟如果要让它符合沪语的语言习惯，还需要做多处修改，咱还是尊重经典吧！

但不管怎么说，这是一首不同寻常的作品。口语之于诗歌，一如白话之于小说。让每个人都读懂并产生共鸣的，不光是同样的生活遭遇，还有同样的语言表达方式。

00 : 01 : 87

◀◀ ▶ ▶▶

一走路，我就觉得我还算伟大

王小妮

诵读　李吟涛

诗歌有声　扫码倾听

王小妮，诗人、作家。著有诗集《我的纸里包着我的火》《半个我正在疼痛》等。

走上了路

我就觉得我还算伟大。

我和我的头发

鼓舞起来。

世界被我的节奏吹拂。

一走路

阳光就凑过来照耀。

我身上

顿然生长出自己的温暖。

走路的姿势

是人类最优美的姿势。

我看见宇宙因此

一节一节

变成真的蔚蓝。

于是，我想哭

00:01:89
◀◀ ▶ ▶▶

眼泪荡漾着簇拥起我。

我想

一个人伟大的时候

别人只能仰望他

去低声哭泣。

我现在

恰恰被我自己所打动。

你从快车道上来

你低着你的头。

唯一的两只手

深插进了口袋。

连太阳和鲜花

都受不了这种插进。

现在，我已经孱弱如纸。

按住你的嘴

有胡子扎人的强感觉。

你用你的整个神情说:

那好。

现在就是好。

整个神情就是好。

后来就是好。

一切继续

像我所想的那样上路。

00 : 01 : 91

◀◀ ▶ ▶▶

诵读者说

李吟涛　SMG 融媒体中心新闻采访部副主任

不知道你喜不喜欢自己走路的样子，那种踏着节奏，或轻快或坚定或自信地迈步的样子。直到读到王小妮的这首诗，我才明白，原来这种踏步前进的劲道是共通的。

一走路
阳光就凑过来照耀。
我身上
顿然生长出自己的温暖。

我依然记得看到这句诗时，自己心中的惊愕。阳光凑过来照耀，天啊，这是多写实的表达，那是一束从内心直射而出的阳光，就像一束追光，就那一小圈，让你能躲进去，享受它的滋润和庇护。仿佛自己是T台上的明星，自信地踩着猫步，展示你傲人的身姿；

又仿佛自己是孤独的游骑兵，在荒原上为着理想和责任努力前行。

何为伟大？真正的伟大不需要仰望，更不需要默默低声地哭泣，只要你走在路上，就能被自己打动，那就是伟大。

每个人都有自己前行的方向，也都要走过属于自己的一程。不论这条路宽阔平坦还是荆棘密布，我们都会义无反顾地向前。也许会有人评说，也许会有人指摘，但是我就是我，这就是我的路，我是自己的主宰，我有自己的阳光照耀和温暖，我就是自己的神。

00：01：93

◀◀ ▶ ▶▶

戈壁夜歌

蓝　蓝

诵读　雷小雪

诗歌有声　扫码倾听

蓝蓝，原名胡兰兰，诗人、作家。著有诗集《含笑终生》《情歌》《世界的渡口》等。

你的歌声里有我注定要失去的
美梦，好像一个亲吻使嘴唇紧闭，
往昔岁月的哭泣
在你缓慢的经过里悄然响起。

一定有更伟大的孤独，所以才有了星空。
如此遥远的注视，在你说出“悲伤”这个词
的时候，有微弱的灯火
　　闪烁在露珠里。

黎明在曙光深处把我年龄的黑暗
纺织，直到它成为一片写满诗行的
田野，驴子和公鸡醒来
为一个人造出新的清晨。

一定有更痛楚的爱，才会有
干旱沙漠里的草木。
翻越群山的风，吹开我的眼睛，

00 : 01 : 95

◀◀ ▶ ▶▶

奔跑了一天的大地使它

平静。——哦，黑夜里忽然响起的歌声

你几乎是一次车祸的理由。在我所有死去的白昼

你几乎是幸福的提醒。

诵读者说

雷小雪 《东方新闻》《今晚60分》《双城记》主持人

有一年到甘孜出差，那是一个石头寨子，到了晚上漆黑一片。我站在村口的一条大河边，天光很暗，看不见河，只听得见河水奔流的声音。河的对岸是一座大山，黑夜里感觉像是黑压压的一道屏障，压得人有些喘不过气。寂静的山谷，不时传来浪花拍岸的回响，身处其间的我感觉自己像是一个盲者，那么孱弱。人类总以为自己是万物之灵，其实仅仅是在一个不通电的寨子，让你独自面对一条河、一座山时，你的内心都会如此恐惧、空洞，而这，还只不过是大自然的一条河、一座山。

多年前的这种感受，在我读到《戈壁夜歌》时一下子复苏了。如同诗人在戈壁的夜空下的遐想一样，苍穹之下，人是如此渺小的生物，那些人世间的喜怒哀乐又算什么呢？唯有孤独能带我们穿越内心的屏障，卸下尘世的伪装。孤独，让我们孤单而孱弱，真实而强大。

00 : 01 : 97

◀◀ ▶ ▶▶

奥义书

倪湛舸

诵读　刘江贤

诗歌有声　扫码倾听

倪湛舸，诗人、学者。著有诗集《白刃的海》《真空家乡》等。

00:01:98
◀◀ ▶ ▶▶

我最好的朋友是树
它们看着很凶恶，却一动不动
这就是我对待世界的态度
如果天气正常
定期长出叶子还开花也无妨
结的果坚硬或甜美，都无所谓

要是觉得累，就脱光了站着
反正没其他姿势可选
当然，从我面前走过的人
这么多年来，也并没什么不同

我做人的时候并不羡慕树
梦见自己就是树
也依然懒得看见人
如果人世如常，我很快就要燃烧如火宅
火焰冷而安宁，如白刃的海

00:01:99
◀◀ ▶ ▶▶

诵读者说

刘江贤　SMG融媒体中心品牌推广部副主任

奥义书是书，但不止一本，乃是印度古老哲学典籍的泛称，据说佛教的思想就源于奥义书，诸如人世如常和人世无常、梵我合一的启示、人生与宇宙的根源关系等，尽在其中。

诗中，人与树、心与体、水与火、冷与焰的对立统一富于哲学谐趣，而文字之外所显露的格局和心位的穿梭与反转、抽离与填塞，细腻而磅礴。

诗很短，但架构在神学和宗教之侧，已经足够深邃。不用非要理解透彻，把自己的心境投射进去就行了。

00 : 02 : 01

◀◀ ▶ ▶▶

蝴蝶的疲倦

陈先发

诵读　邢航

诗歌有声　扫码倾听

陈先发，诗人、作家。著有诗集《春天的死亡之书》《前世》《写碑之心》等。

沉静小河上蝴蝶飞来
橘红色晚霞，在粼粼
波光上折射出更多的蝴蝶
像一个人在她变幻
不定的替身中漫游——
我们容易对身体着迷
又苦于灵魂不能在
不同躯壳之间随意腾挪
但文学，恰恰脱胎换骨于
这样的两难之境。这个傍晚
蝴蝶将告诉我们一些什么？
她的分裂造就了庄子
她的虚无让纳博科夫
在灰烬中创造了永恒的洛丽塔
而她的疲倦，也许将
永不为人知……

00:02:03

◀◀ ▶ ▶▶

诵读者说

邢航 《上海早晨》《媒体大搜索》主持人

诗人陈先发的故乡在安徽省桐城市。这个地方是中国文学史上重要的文学流派“桐城派”的诞生地。想必他的“多困惑，多思考，多感慨”与生在此地有着些许关系。

诗中提及的庄子与纳博科夫都与蝴蝶有着不解之缘：庄周梦蝶，蝶梦庄周，浪漫地在真实与虚无之间穿行；据传，纳博科夫就是在家附近的山脉进行“收集蝴蝶之旅”时写出了《洛丽塔》，那一定是漫长又充满惊喜的快乐时光。

蝴蝶告诉了他们什么？我们无从得知。但我们读到了《齐物论》《逍遥游》《洛丽塔》，以及陈先生的诗……蝴蝶即文学吗？或者蝴蝶即诗人的灵感、对真理的追求和探索？不知道。或许真要跟着蝴蝶去漫游，才能体会她的灵动。

蝴蝶向我们飞来，飞过流水荡漾的宽广河面，穿过密密的树林……带着她的神秘、优雅，带我们回顾流淌的时间。苦于生活琐事缠身的人们，大可跟着蝴蝶一起穿梭漫游，去翻山越岭，探索新鲜和未知的世界。

00:02:05

中　年

张新颖

诵读　印海蓉

诗歌有声　扫码倾听

张新颖，学者、文学评论家、诗人。著有诗集《在词语中间》、随笔集《读书这么好的事》、传记《沈从文的后半生》等。

00:02:06
◀◀ ▶ ▶▶

到下一个渡口

去接一个丢失的梦

公交车半途被劫

沿着焦渴的沙路徒步而行

路边一家小咖啡馆

意外遇见三十年的朋友

他苦恼做过的梦醒来即忘

醒后的空阔　无所适从

我告诉他重现旧梦的方法

新梦作舟　顺流入境

握手道别时老友送我一个小玩意

说这个是时间模型

00:02:07
◀◀ ▶ ▶▶

赶到渡口正值两天交接时分
摆渡人盛虚空的酒　一碗晃动的星

他说梦被先来的小男孩接走了
以水编织的草帽　草帽唱歌如鸟鸣

我如释重负　转身回程
时间模型忽然说话　看看路啊

来时的路已经完全合上
再走回去　说真的　没有一点可能

00:02:08

◀◀ ▶ ▶▶

诵读者说

印海蓉 《新闻报道》主持人

新颖老师这首诗的每一句就像从我自己心底说出来的，落在纸上，会呼吸，特别真实。

生命之舟行至中途，人只有这一次机会拥有双面镜，照得见从前，看得到将来。梦想越来越不鲜活，即使有也常常被男孩女孩们捷足先登，落在手里的是条理清晰、过分骨感的现实。想要调头回去，逆水行舟，万万没有可能。说中年精彩，是塞进嘴里的一颗糖，酸甜自己知道。

那又怎样？梦丢失了还会有新梦，只要还在行舟。人到中年，再也不必匆忙，因为脚步再快，总有比你更快的年轻人在前头。中年，胸膛变得宽厚，满是沉浮衰落中结成的茧子，让每一次呼吸更深长。

好想让这样的时间停止，可握住的只是时间模型，握不住时间本身。呵呵，反正回去是没可能，那就往前吧。

00:02:09

◀◀ ▶ ▶▶

新年祝福

张新颖

诵读　王幸

诗歌有声　扫码倾听

不需要谁告诉春天的一棵树
该如何生长
春天就是春天自己的赞美和祝福
而此时　冬天在阴霾里
仍然不需要谁教我们如何呼吸
沮丧堆积成波浪　推涌而至
但也会消退　消退之后
重来　像潮水重复噬咬
而海岸调整姿势　终能形成
怀抱的形状　蜿蜒安慰的幅度
新年总是出现在糟糕的季节　所以
祝福这包围着它的湿冷
祝福前前后后一个月的阴雨
祝福掉下来的眼泪和结成硬块的愁苦
以雨停间隙清越的鸟鸣
以儿童睡梦中含糊的呓语
以海岸上乌黑的枝干和泥土里盘结的根
以记忆里最澄澈的那一个时刻

00:02:11
◀◀ ▶ ▶▶

以北方的大雪和雪的明亮

以赴约夜晚的酒杯和花束

我整理杂乱　剔除了一千册书

以这腾出来的空间和腾出来的心情

以保留下来的事事物物

你珍藏的贝壳　海螺和小石头传给孩子

以这承续的时间和时间纯净的纹路

以微暗的火

以受伤的美

以忍冬草简洁的图饰和图饰历史的丰富

以耐心和软弱和软弱中的勇气

以友人递过来的一支烟

以冬天的树和春天的树是同一棵树

诵读者说

王幸 《新闻坊》《媒体大搜索》主持人

一个周三的中午，在地铁上收到了这首诗，轻声读完后，抬起头，看着窗外疾驰的暗影，一动不动，像是等待着一个幸运的征兆，等待着这首诗静静地将自己拉近、坠落……然后盘踞在内心的一个角落里。我知道，它会陪伴自己度过这个岁末。

在农历年的最后十几天，时间的呼吸越显沉重，记忆中不断涌出的是更多的欲望：希望已经发生过的事再发生一次，或希望发生过的事从来没有发生过，这样的记忆混杂着不断席卷而来的感伤与痛，是我们生命中“重复噬咬的波浪”，总是不合时宜地推涌而至，不肯止息也不愿停歇。

可穆旦说：虽然生活是疲惫的，我必须追求。

于是，懂得隐忍的人们在“生长的缓慢与长成的精彩”的树木中，终将获得寂静的永恒力量。

本雅明“阅读的大雪”依然能覆盖你的苍白，明亮犹如神迹。

而在雪花飘落的夜晚，老房子里被轻轻拿起的酒杯与花束还在等着每一个清楚知晓自己命运的人，温暖他们在无人的一刻。

那敦煌北魏洞中“忍冬草叶的图饰”在沉寂千年之后，丝毫未改凭风吹动、羽化登仙之气韵。

是事实丰富的隐喻，更是生活美好的所在，是生活继续与继续被期待的缘由，像里尔克那样去原始地观看，因为万物都能入诗，只要它们是真实存在的。等到这些一事一物成为我们身体的肉与血、我们的目光和姿态，无名地和我们自己再不能区分时，写下的第一行诗的第一个字就在它们中形成，并脱颖而出。

冬天的树和春天的树是同一棵树，那是古老的箴言：上升的路与下降的路也是同一条路。

00 : 02 : 15

◀◀ ▶ ▶▶

此刻无须知晓生死

王　寅

诵读　毛艳

诗歌有声　扫码倾听

王寅，诗人、摄影师。著有诗集《王寅诗选》《灰光灯》等。

00：02：16

◀◀ ▶ ▶▶

星光暗着，却看得清
你闪亮的嘴唇和眼睛
你一手抱着膝盖，一手
端着咖啡，等待水温变凉

我倚靠着熟睡的石头，听着
不安的蝉鸣掠过你的脊背
就像看你在雨后潮湿的
窄巷里艰难地倒车

也许揉皱的衣服应该再熨一下
也许应该再次拨动夏季的时针
咖啡杯里荡漾的图案
是你我无法预设的结局

这世界已经坏得无以复加，我们
只是侥幸在这空隙短暂停留
此刻无须知晓生死
只有走廊里的灯光依然灿烂

00:02:17

◀◀ ▶ ▶▶

诵读者说

毛艳 《1/7》主持人

除了生死都是小事，没有经历过生死的人，也许很难有如此透彻的感悟。

生于二十世纪六十年代，身兼诗人、记者、摄影师等多重身份的作者王寅，就是这样一个经历过生死的人。他曾在一个月内突发两次心梗。被医护人员抬出家门的他说：“透过树叶的缝隙看到微亮的天空。那是我从未见过的颜色。”

遭遇病痛的人，往往无奈远远多于恐惧。生命不被自己自由支配的焦虑，孤立无援被加倍放大的不安，会让人真切地明白生命的含义。

能够在病魔手中躲过一劫，那就把每天都活得有质量。永远对外界保持好奇，勇于探索未知的领域。

平静而充满力量。

00:02:19

◀◀ ▶ ▶▶

北茶园

胡　桑

诵读　王幸

诗歌有声　扫码倾听

胡桑，诗人、译者。著有诗集《赋形者》、论文集《隔渊望着人们》等，译有《辛波斯卡诗选》《染匠之手》等。

一个地址变得遥远，另一个地址
要求被记住。需经过多少次迁徙，
我才能回到家中，看见你饮水的姿势。

不过，一切令人欣慰，我们生活在
同一个世界，雾中的星期天总会到来，
口说的词语，不知道什么是毁坏。

每一次散步，道路更加清醒，
自我变得沉默，另一个我却发出了声音，
想到故乡就在这里，我驱散了街角的阴影。

“我用一生练习叫你的名字。”
下雨了，我若再多走一步，
世界就会打开自己，邀请我进入。

00:02:21

诵读者说

王幸 《新闻坊》《媒体大搜索》主持人

小说《布鲁克林》的女主人公艾莉丝说过一句触目惊心的话："我忘了，我忘了这个小镇原来是什么样子。"有点刺耳，但或许是作家科尔姆·托宾真正想表达的：漂泊他乡，往往就会在故土与他乡都成为异乡人。

《北茶园》并不难"解"，于我，却不容易"感"。诗人自己也说，因为离开故乡，才会有故乡，从未离开故乡的人，身上是没有故乡的。于是，我放弃了想要贴近诗句中展示的异乡人的情感经验，先是单纯地去享受纯粹声音产生的效果，然后，不慌不忙地去捕捉所有细小的暗示。"需经过多少次迁徙，我才能回到家中，看见你饮水的姿势。"不用解释，自然而然地传来深情。"我用一生练习叫你的名字。"跌宕了诗句的节奏，令人心头一紧。"每一次散步，道路更加清醒"，在城市繁华的街道上行走，能诚实、真切地面对自己的生存么？而“雾中”“沉默”和“遥远”，又使得乡愁的孤独变得具体幽微……这些好听的句子，容纳了我的解释与想象的空间，猜着、疑惑着，透过聆听，找到属于自己的心绪言语。

黄昏，走在立春后的青海路上，想起台湾诗人痖弦的一首《罗马》，开头这样写：

今年春天是多么寂寞呀，
断柱上多了一些青苔。
这是现代。

过去安稳的、固定的传统变成了一根根长出“青苔”的“断柱”，不能再支撑曾经的炊烟袅袅，不再能让我们遮风避雨。环顾四周，诗人洞察着“现代”这件阳光底下的新鲜事，到处改变了景观，改变了生活，似乎也改变了我之所以为我，家乡之所以为家乡。也许，所有的怀乡诗都在无意间展示着“现代”无所不在的普遍威力，借着回忆探寻那永远无法重返的“北茶园”。

天边飘过故乡的云，它依然在召唤着，归来吧，归来哟……

00:02:23
◀◀ ▶ ▶▶

礼 物

陶立夏

诵读　舒怡

诗歌有声　扫码倾听

陶立夏，作家、译者、摄影师。著有《分开旅行》《练习一个人》《岛屿来信》等，译有《夜航西飞》等。

十六岁那年生日，爸爸送的生日礼物是一辆红色摩托车，大概是他能找到的最小的车型。至今我都记得那个初夏的傍晚，我从车行取过小摩托，载着爸爸回家的情形。从后视镜里，看到晚霞还有爸爸故作严肃的表情。到家前他偷偷嘱咐我："别告诉你妈，是你开回来的。"

而十九岁的生日礼物是辆二手汽车。爸爸什么都没说，直接递了车钥匙给我。我就趁着暑假，骑上摩托车去考驾照。

第一次正式工作，礼物也是辆车，和当年那辆小摩托一样，鲜艳的红色。

下班后回家，吃过晚饭，他才突然想起来："要不要去车库看看你的礼物?"依旧只是递钥匙给我，再没有别的话。

就像二十二岁那年出国留学，在机场他只问："信用卡带啦?"

他近乎盲目的信任造就了一个不太知道害怕的我，并在不知不觉中学会了像他那样，以独特的幽默感应对生活中很多的困难。

他的信任教会我一个简单的道理：无所谓前面有什么在等待，朝前走就是了。后来我翻译柏瑞尔·马卡姆的书，读到这样的句子："未来藏在迷雾中，叫人看来胆怯。但当你踏足其中，就会云开雾散。"会心地笑。

而他的默默守护更让我知道，走多远，也有人在等我回去。

所以我从没有在选择前犹豫，也没有在挫折前退缩，只是听凭自己的心，书写，远行。

一次收拾旧衣物时，在衣柜中找到爸爸年轻时候穿过的机车夹克和牛仔裤。才明白，为什么他会送摩托车给我做生日礼物，而不是花裙子。有时候觉得他该有个儿子，他们一定会有更多话题可以交流。我和爸爸说起这事，他却说："这你就错了，女儿可以当儿子养，但儿子不能当姑娘养的啊。"

后来我心血来潮，暂停写作去当外企白领，工作恰好涉足汽车行业，闲暇时也会和他聊聊车，努力假装一个男孩的语气，说起引擎、车型、扭矩、底盘……爸爸却突然说：“我觉得汽车设计中最让我欣赏的一项发明是，中控锁。你总是丢三落四的，你知道吗？”

有次出差回到上海已是深夜，车驶出机场车库的时候，我听到中控锁发出一声清脆的咔嗒声。

突然觉得那么安稳。

00:02:27
◀◀ ▶ ▶▶

诵读者说

舒怡 《新闻坊》主持人

好像全世界的老爸都不善于表达爱，尤其是对女儿。

至少陶立夏的爸爸如此，我的爸爸也是。

最近整理东西，无意间找到一本爸爸三十年前写的日记，纸张早已泛黄，里面竟然还珍藏着我的胎毛。日记里，记录了从我出生那天起直到我考上大学的点滴。什么时候会说话，什么时候学走路，甚至每一次生病看医生，一个个细节看得我眼窝发热。

爸爸写：当年送我去幼儿园，送完了舍不得走，每天都要呆呆地再看一会儿。快三十年了，幼儿园、小学、初中、高中、大学，甚至是去北京读研究生，都是他送的我。每一次道别，我都没有感觉到他的这份不舍。要不是发现了这个日记本，爸爸的这点心思，很可能永远不会告诉我。

我的童年记忆里，也有一辆红色的摩托车，爸爸天天载着我去上学。再大的风雨，往爸爸的雨披里一钻，搂着他的腰，就能睡着。就像现在，遇到什么难事，求助爸爸，他总说：都是小事，有我。

我一直认为，有一个老爸的最大好处就是，不管你长多大，在他眼里，永远还是他的那个小丫头，那个心头宝。

就像车里的中控锁，咔嗒，知道他在那儿，就安心了。

00 : 02 : 29

◀◀ ▶ ▶▶

如果你试图爱上一个人

李元胜

诵读　王兆阳

诗歌有声　扫码倾听

李元胜，诗人、作家。著有诗集《我想和你虚度时光》《无限事》等。

如果你试图爱上一个人
得学会把自己作为礼物
谦卑地交出
而自己还得完整地站在原处

你得学会吹拂和浇水
让你交出的那部分
萌芽，穿过她神秘的躯体上升
并从眼睛里长出嫩绿的叶子

多数时候你不会如此幸运
现实远比电影悲怆
如果你试图爱上一个人
请随时准备
摔落进那一分钟漆黑的停顿

别问为什么，别试图了解
否则，你会遭遇

00:02:31
◀◀ ▶ ▶▶

剥洋葱一样的过程

总有东西刺激你的眼睛

而且，会发现她有很多层

诵读者说

王兆阳 《新闻夜线》《媒体大搜索》主持人

《如果你试图爱上一个人》这首诗，为我们带来的是一种内心的独白。作者仿佛把一个长长的故事浓缩在了简短的文字之中，文字中所包含的时间跨度值得琢磨。读到这首诗时，我们每个人都可以想想自己，对照自己的情感经历。在这时，应该会得到更多的联想与感悟。不用刻意强调什么，让我们把自己的故事放入这首诗中，进行讲述。

00 : 02 : 33

◀◀ ▶ ▶▶

但丁在地狱的门前

张定浩

诵读　刘砚

诗歌有声　扫码倾听

张定浩，诗人、文学评论家。著有诗集《我喜爱一切不彻底的事物》、文学评论集《既见君子：过去时代的诗与人》《爱欲与哀矜》《取瑟而歌》等。

要保持绝对的卑微，

要低到尘灰里。

听凭爱

肆意弯曲你的身体。

要放弃任何言语的诱惑，

在此地，承诺毫无意义。

要体会那些从未有过的情感，

它们噬咬你，也洁净你。

要接受教人颤栗的美，和不安，

它们降临，存在，它们毁灭。

要做温柔的爱者，

在推开门的那一刻，

没有信念，也不去希望。

00:02:35
◀◀ ▶ ▶▶

诵读者说

刘砚　原《上海早晨》主持人

好的作品总能引发一些回忆。地狱是什么样子？生者不得而知。也许是儿时看过的《圣斗士星矢》漫画中的一页情节，也许是但丁笔下《神曲》的经典片段……雕塑家罗丹的巨作《地狱之门》惟妙惟肖，精巧的构图传达出了一个地狱的主题：“你们来到这里，放弃一切希望！”但，究竟是地狱，还是人间？

读这首诗，并没有感觉到卑微，我更愿意理解为敬畏。“放弃言语的诱惑”“要做温柔的爱者”……这既是一种想象中站在地狱门口的态度，又何尝不是面对光怪陆离的活人世界时，心中应该保留的那一点纯粹和善良呢？

对于死亡和地狱，因为未知，所以恐惧。而当空灵的音乐响起时，心中浮现出“纯洁”的影像，灵魂得到净化。“它们噬咬你，也洁净你”，当但丁心中的恋人贝缇丽彩一直给他前行的力量时，他也不再犹豫和害怕。是的，心中充满爱和信念，便无所畏惧！

00：02：37

◀◀ ▶ ▶▶

巨大的月亮

张定浩

诵读　林牧茵

诗歌有声　扫码倾听

隔着舷窗我看见巨大的月亮，
巨大的，如你所赋予的爱
正锻造某种圆形的人类，我们
终于再次相遇。
如雪弥合天与地的距离，
如雪填满沟壑，又抹去
堤岸与流水的争执。
透过巨大的月亮我看见
尘世，是冰川下深藏的湖泊，
那些辽阔的积雪的山，刻在湖水中，
是一些被冻住的好看的阴影，
有天使轻轻滑行其上，
也带动鱼群的旋转。

与此同时，在下方，
微弱的雪弄脏了一个又一个城市，
如同那些不合时宜的灰发教士，
历经艰辛而来，正被拘押在路边，

00 : 02 : 39
◀◀ ▶ ▶▶

等待在炙烤中上升，或在沉默中

渗入泥土。

偶尔，踏过这些清脆的生命，

回家的人也会抬头看看月亮。

诵读者说

林牧茵 《新闻夜线》主持人

这是一首富于诗词韵律之美的小诗，读来流畅。没有晦涩的词句，但隐喻颇多。

月亮、雪、湖泊、雪山、教士……似乎每一样都在揭示尘世的真相。那里有爱，有争执，有生命，有隐藏在“白茫茫大地真干净”下的肮脏，有沉默炙烤中的选择，“上升”，还是“渗入泥土”？

我喜欢全诗的最后两句：

偶尔，踏过这些清脆的生命，
回家的人也会抬头看看月亮。

尘世游历之人，经历百态，怀着归家的心，向往纯净的月亮。超脱与留恋尽在于此。

这首诗的视角也很特别。天地间忽来忽往，美丑善恶间不断切换，所以在我看来，《巨大的月亮》是一幅抽象画，内涵丰富，笔触洒脱，无处追究细节，但内心那些细腻的情感已然被触动。

回味之时，脑海中呈现的是那枚清冷中透出温暖的巨大的月亮。

00：02：43

他留下的东西不多

江　汀

诵读　臧熹

诗歌有声　扫码倾听

江汀，诗人。著有诗集《明亮的字码盘》《寒冷的时刻》、散文集《二十个站台》等。

他留下的东西不多，
但有这座房子，还有智慧。
智慧随着他一起流向田野，
到了夜里，田野上有蓝色的山。

花粉一样的雾气降临了。
他将自己的童年带走。
我长久地跪在屋顶下面，
回忆一个浓荫密布的宇宙。

几种世界观同时考验着我。
火焰焚烧他体内全部的木材，
水滴在他口中凝结成冰。

恍惚间我听到燕子的声音。
他八十三岁，睡在了祖先身旁。
我必须成倍地讲出他的故事。

00:02:45
◀◀ ▶ ▶▶

悬 崖

康苏埃拉

诵读　李吟涛

诗歌有声　扫码倾听

康苏埃拉，诗人、译者。诗作见于《诗歌月刊》《诗林》及各种选本。

躺进暮年的词典，我会把世界从头翻阅
会把我途经的一切读给你听：
一群蓝色马，悬崖，失真的雨依然在下，

为了和你相认于雨水，我会抹去自己的脸
会走回镜中，把世界颠倒过来、重读一遍：
失真的雨依然在下，悬崖，一群蓝色马

无论如何，每次都要途经悬崖
是的，我看见悬崖始终处于最中心的位置
正如每次途经你时，
我所握紧的那片陡峭的静止

00:02:47
◀◀ ▶ ▶▶

诵读者说

李吟涛　SMG 融媒体中心新闻采访部副主任

康苏埃拉是一位阅历多丰富的诗人？读她的作品，会有点小压抑，会感觉到内涵复杂的情绪；但有时候，她又是感性的，你会被她天马行空的想象力所吸引。在碎片式的、梦境般的叙述中，总有一个色彩艳丽的主角——蓝色马，若即若离地，静静地注视着你。然而她真的很年轻，是个 90 后。

我不知道诗人心中的悬崖是什么样。也许正如她所说，她是一个个体归属感很弱的人，因此无论在何种环境下都基本在以游离态生活，这种疏离体质在独居海外的经验中得以放大。曾和一些旅居海外的朋友聊天，那种难以融入的疏离感，或许就是那笔直耸立的、怎么也绕不开的、陡峭的静止。

给自己一道悬崖，位置决定着方向。在崖底的人也许是绝望的，万丈高峰何时才能攀上；在崖顶的人也许是恐惧的，退一步就是万丈深渊，粉身碎骨；而在半山腰的人一定是希望满满的，胜利的曙光就在前方。你，在哪儿呢？

00:02:49

◀◀ ▶ ▶▶

预　感

周欣祺

诵读　邢航

诗歌有声　扫码倾听

周欣祺，诗人。著有电子诗集《退化》，译有《我心深处》等。

00：02：50
◀◀ ▶ ▶▶

被更轻的东西握着是什么感觉
在夜的稠密中张开又收拢
如叶般披挂在身体的预感
一抖动就纷纷落下了

当你开口，我最先听到最后
那个闪光的动词。
当你轻轻呼出第一口气
那以掉落而非降临的方式
出现在生命里的神
已在爱中近盲

被想要守护的人守护着
是什么感觉
梦里周身是海，跟着云走
醒来周身是梦，跟着云走
不是我走向你
而是岛屿她折叠翻转

00：02：51
◀◀ ▶ ▶▶

小红帽，后视镜里的冷风

遇见群鸟衔来

向上的恐惧和向下的善行

我们心中空洞洞的美丽

难道就是全部吗

仍需试探，向幽暗而苦涩的核

但请让你试探的手里有我

诵读者说

邢航 《上海早晨》《媒体大搜索》主持人

诗意在某一瞬间降临，将种种亲身的体验和层层敏感的情绪释放到无限大，将有趣的灵魂释放到无限自由。

周欣祺在接受采访时说：“对我来说，诗是用比喻的方式说真话。而写诗过程是在寻找一种完全属于自己的词语和修辞。”

完全属于自己的词语，那便是最贴合自己内心的声音。这声音被碾压在滚滚车轮之下，被消解在啪啪敲打的键盘之下。常常，我们听不到它。

降温之后不得不戴起帽子，瑟瑟发抖裹紧自己的模样映在流动的后视镜中……或许“更轻的东西”“想要守护的人”离我们庸碌、疲累的日常很遥远。诗意总会在某个时刻闪光，但愿这光亮能眷顾你我。若不能，也要说服自己，诗意存在，人间值得。

愿你我常驻晴朗、光明中，与诗意为伴。

00:02:53

◀◀ ▶ ▶▶

想起我的恋人们

包慧怡

诵读　王幸

诗歌有声　扫码倾听

包慧怡，诗人、作家、译者。著有诗集《我坐在火山的最边缘》、散文集《翡翠岛编年》等，译有《唯有孤独恒常如新》《爱丽尔》《好骨头》等。

我的恋人们

从来只是一个人

高而踯躅，除了水相没有别的星座

抽烟的侧脸像一片瓷

走在阳光下轻得看不见

为我写诗，在电话里低声说见面

只在黄昏时分吻我

不作选择，永远野心勃勃

如我一般脆弱，像一个最好的人

笑着诀别，自此不闻不问

像两个最有默契的朋友

我的恋人有一根抵向内部的刺

许多隐忍的青铜叶片

一双无处可放的檀木触手

他们白色的面庞是可写的

白色的睫毛是不置可否的

黑色的心跳是孤注一掷的

00 : 02 : 55
◀◀ ▶ ▶▶

清晨我推门出去

花朵凉怡，露水轻轻炸开

云有一种风度

我以为自己是美好的

我以为可以爱上不同的人

我以为可以随处出发，沿路以栀子枝

揣测岛的边界

累了就去水里站一会儿

让迷路的独角仙

在我眉毛上站一会儿

我以为我能播种透明的斑马

我以为我的心很大很大

我甚至以为我

可以写完这支歌

而不感到难过

……

一列火车正洞穿我的肋骨

我以为我能再见到它

00:02:57

◀◀ ▶ ▶▶

诵读者说

王幸 《新闻坊》《媒体大搜索》主持人

曾听过一个TED，说神经系统专家让一群刚结束恋情的人们做核磁共振，结果在他们的大脑腹侧背盖区，找到了与热恋相关的活动，使得他们虽然努力想要学会遗忘，但事与愿违，思念越来越深。除此之外，大脑中还产生了一种独特的耐受性，让人们千方百计想要维持最初的感受，耐受性会消退，也会复发，以至于有的人在分手后的数月，觉得自己仿佛走出了悲伤，却在一个阴天的午后，听到收音机里传来的一首歌，或翻到自己曾经写下的一段文字……突然，又失声痛哭。

理性解释了痛苦，但能安慰过去和未来的，是泪水，也许还有诗。

弗洛伊德说："我们之所以不断重复体验那些痛苦的事，是为了最终能控制它们。"这首诗仿佛就在重返这样的主题。回忆中的恋人显得冰冷清冽，因爱的逝去有了疏离感，接着，“我推门出去”，看到了凉怡的花，有风度的云，试图让自己走出阴影、再次开阔。安慰是温和的，却有了一种光度，因为在确认告别的同时，也在努力接受告别、整理哀伤，沮丧会反复，但追寻自我和爱仍在继续。叙述性、心灵的感知，以及最后“一列火车正洞穿我的肋骨”的身体感知，在包慧怡充满想象力的词汇表达中，有了一种新气象，一种生发，如同告诉我们，经历的与感知的完全不同，重要的不是那些发生的事，而是如何去理解与辨认发生之后自己的情感。“我以为自己是美好的”以及“播种透明的斑马”，一次急转而上与一次急转而下，用语势的戛然而止构成了情感的一气呵成，在变化中紧张、流畅，自我治愈因跌宕而真实。

杜拉斯在《直布罗陀水手》中有一段关于“分手”的描述：“我差不多要爱上你了，这是分手产生的奇迹，请你理解分手有多么必要。这样，我们俩总算彼此理解，就像无论什么人都能彼此理解一样。”

00:02:59
◀◀ ▶ ▶▶

我们乘坐过山车飞向未来

马 雁

诵读 周瑜

诗歌有声 扫码倾听

马雁（1979—2010），诗人、作家。著有诗集《迷人之食》、诗歌与小说合集《习作选：1999—2002》等。

我们乘坐过山车飞向未来，
他和我的手里各捏着一张票，
那是飞向未来的小舢板，
起伏的波浪是我无畏的想象力。
乘坐我的想象力，他们尽情蹂躏
这些无辜的女孩和男孩，
这些无辜的小狗和小猫。
在波浪之下，在波浪的下面
一直匍匐着衰弱的故事人，
他曾经是最伟大的创造者，
匍匐在最下面的飞得最高，
全是痛苦，全部都是痛苦。
那些与我耳语者，个个聪明无比，
他们说智慧来自痛苦，他们说：
来，给你智慧之路。
哦，每一个坐过山车的人
都是过山车建造厂的工人，
每一双手都充满智慧，是痛苦的

工艺匠。他们也制造不同的心灵，
这些心灵里孕育着奖励，
那些渴望奖励的人，那些最智慧的人，
他们总在沉默，不停地被从过山车上
推下去，在空中飘荡，在飘荡中，
我们接吻，就像那些恋人，
那些被压缩在词典册页中的爱情故事，
还有家庭，人间的互相拯救。
如果存在一个空间，漂浮着
无数列过山车，痛苦的过山车……

側耳 主播们

* 按姓氏笔画排序

王幸 《新闻坊》《媒体大搜索》主持人

秋颂	00:00:29
新年祝福	00:02:09
北茶园	00:02:19
想起我的恋人们	00:02:53

王兆阳 《新闻夜线》《媒体大搜索》主持人

每当我害怕 00:00:53
如果你试图爱上一个人 00:02:29

毛艳 《1/7》主持人

如果你能在秋季来到 00:00:93

此刻无须知晓生死 00:02:15

00:02:68

◀◀ ▶ ▶▶

叶子龙 《看东方》主持人

雪夜林边停歇	00:00:75
春	00:01:31
深秋的故事	00:01:61

00:02:69

◀◀ ▶ ▶▶

印海蓉 《新闻报道》主持人

橡树 00:00:13

秋颂 00:00:29

秋天 00:01:21

中年 00:02:05

邢航 《上海早晨》《媒体大搜索》主持人

一朵小花	00:00:03
我好似一朵孤独的流云	00:00:19
小吉丁（节选）	00:00:39
我想和你一起生活	00:00:69
蝴蝶的疲倦	00:02:01
预感	00:02:49

朱亚南 《媒体大搜索》主持人

日记 00:01:49

00:02:72
◀◀ ▶ ▶▶

刘江贤　SMG 融媒体中心品牌推广部副主任

奥义书　00:01:97

00:02:73

◀◀ ▶ ▶▶

刘砚　原《上海早晨》主持人

尤利西斯（节选）　00:00:49

拒绝哀悼死于伦敦大火中的孩子　00:00:81

但丁在地狱的门前　00:02:33

李吟涛　SMG 融媒体中心新闻采访部副主任

出租汽车总在绝望时开来　00:01:81

一走路，我就觉得我还算伟大　00:01:87

悬崖　00:02:45

李菡 《东方新闻》主持人

秋颂	00:00:29
茵纳斯弗利岛	00:00:35
烦忧	00:01:17

杨超　原 SMG 融媒体中心国际新闻责编

一朵小花　00:00:03

00:02:77
◀◀ ▶ ▶▶

何婕 《这就是中国》《今晚60分》《中国长三角》主持人

明天到来的是什么 00:01:01

00 : 02 : 78

◀◀ ▶ ▶▶

张译心 《上海早晨》主持人

我们准备着 00:01:35

海子小夜曲 00:01:43

00:02:79

◀◀ ▶ ▶▶

陈璇 《Shanghai Live》主持人

柯尔庄园的野天鹅 00:00:57

雪夜林边停歇 00:00:75

从一片泛滥无形的水里 00:01:39

林牧茵 《新闻夜线》主持人

点灯　00:01:73

巨大的月亮　00:02:37

周瑜 《新闻夜线》主持人

我想和你一起生活 00:00:69

我们乘坐过山车飞向未来 00:02:59

00 : 02 : 82

◀◀ ▶ ▶▶

施琰 《新闻坊》主持人

一曲抒情诗 00:01:05
唯有旧日子带给我们幸福 00:01:67

袁鸣 《环球交叉点》主持人

我好似一朵孤独的流云　00:00:19

徐惟杰 《新闻报道》主持人

意大利的一个灿烂的黄昏 00:00:25
小吉丁（节选） 00:00:39
尤利西斯（节选） 00:00:49
秋日 00:00:65
十三种看乌鸫的方式 00:00:85
南方之夜（节选） 00:01:77

00:02:85
◀◀ ▶ ▶▶

陶淳 《新闻报道》《庭审纪实》主持人

平静（悼念集·11）	00:00:07
小吉丁（节选）	00:00:39
唯有旧日子带给我们幸福	00:01:67

舒怡 《新闻坊》主持人

预言 00:01:25

礼物 00:02:23

00:02:87

◀◀ ▶ ▶▶

雷小雪 《东方新闻》《今晚 60 分》《双城记》主持人

我是秋天最后的花朵	00:00:97
天鹅	00:01:55
戈壁夜歌	00.01:03

臧熹 《新闻夜线》《媒体大搜索》主持人

柯尔庄园的野天鹅 00:00:57
他留下的东西不多 00:02:43

图书在版编目(CIP)数据

冬天的树和春天的树/王幸主编.—上海:上海人民出版社,2019
ISBN 978-7-208-15928-0

Ⅰ.①冬… Ⅱ.①王… Ⅲ.①诗集-中国-当代
Ⅳ.①I227

中国版本图书馆 CIP 数据核字(2019)第 125256 号

本书中绘画作品图片由上海博物馆提供,主播摄影场地由思南公馆提供,特此致谢。

总 策 划 宋炯明
出 品 人 印海蓉
主　　编 王　幸
编　　委 印海蓉　王　幸　臧　熹　周　瑜
文学顾问 张定浩
责任编辑 吕　晨
封面设计 任凌云
内文设计 朱云雁
摄　　影 徐　晓　刘骁吉

冬天的树和春天的树
王　幸 主编

出　版 上海人民出版社
(200001　上海福建中路 193 号)
发　行 上海人民出版社发行中心
印　刷 上海盛通时代印刷有限公司
开　本 787×1092　1/32
印　张 9.5
插　页 6
字　数 150,000
版　次 2019 年 8 月第 1 版
印　次 2019 年 8 月第 1 次印刷
ISBN 978-7-208-15928-0/I·1831
定　价 68.00 元